Sprichst du Schokolade?

Cas Lester

Sprichst du SCHOKOLADE?

Mit einer Coverillustration von Kate Forrester
Aus dem Englischen von Christine Spindler

arsEdition

Bibliografische Information der Deutschen Nationalbibliothek
Die Deutsche Nationalbibliothek verzeichnet diese Publikation in der Deutschen Nationalbibliografie; detaillierte bibliografische Daten sind im Internet über http://dnb.d-nb.de abrufbar.

MIX
Papier aus verantwortungsvollen Quellen
FSC® C014496
FSC
www.fsc.org

Übersetzung: Christine Spindler

www.arsedition.de

In Liebe für meine Freunde –
danke für alles!

Inhaltsverzeichnis

Röcke! 9
Englisch 14
Nadima 18
Sprichst du Schokolade? 21
Schreibst du mir? 26
Melodrama! 32
Fattusch 36
Der Elternbrief 40
Einladung 44
Emojis 48
Kurdî 51
So ein Theater! 57
Genial! 62
Pizza 65
Nadimas Heimat 71
Shoppen bis zum Umfallen 74
Zelten 81
Eine Überdosis Mathe 85
Nadimas Familie 90
Spas Dikum 94
Türkische Köstlichkeit 97
Im Kino 100
Lokum 104
Die totale Katastrophe 109
Nachsitzen 113
Ärger 116

Abgetaucht 120
Es tut mir leid 125
Alles geklärt! 129
Beste Freundinnen 132
Kronjuwelen 135
Familien 142
»G« wie »gestorben« 146
Ausraster 154
Wütend 157
Einfach dumm! 162
Charity Challenge Week 168
Schoko-Lokum 175
Sonderlieferung 179
Gut gemeint 184
Wieder abgetaucht 188
Tränen 192
Kara 195
Lily 199
Pyjamaparty 202
Heimat 205
BFF auf Kurdisch 210
Inspiriert! 215
Nadimas Geschichte 219
Freundinnen 224
Happy Eid! 226
Unsere Rezepte 230

Röcke!

Ich erinnere mich noch genau an den Tag, an dem ich Nadima kennenlernte. Das war nämlich der Tag, an dem ich meine drei großen Brüder dazu brachte, Röcke in die Schule anzuziehen. Ob du's glaubst oder nicht.

Es war Sommer und es herrschte eine Affenhitze. Wir schwitzten alle erbärmlich in unseren langen, schwarzen Hosen. Ich setzte eine Petition auf, dass wir Shorts tragen durften. Mein Ziel war es, sie von allen Schülern unterzeichnen zu lassen.

Um den Ball ins Rollen zu bringen, wollte ich am nächsten Tag meine kurze Sporthose in die Schule anziehen, also fragte ich meine Freundin Lily, ob sie mitmachen würde. Sie sagte Ja. Dann erzählte sie es ihrer Freundin Kara, und Kara riet ihr, es lieber bleiben zu lassen, weil sie nur Ärger bekommen würde. Am Abend davor schrieb Lily mir sozusagen in allerletzter Minute:

> Tut mir leid, Josie, ich werde morgen
> keine Shorts anziehen. Lil.

Was sollte das denn? Also wirklich, Lil. Es sah ihr gar nicht ähnlich, mich so hängen zu lassen, aber ich hätte mir ja denken können, dass Kara mal wieder aufdringlich ihre Nase in unsere Angelegenheiten steckte.

Und dann hatte ich den genialen Einfall, meine Brüder dazu zu bringen, Röcke zu tragen.

Sie dachten, das würde ein herrlicher Spaß werden. Ich auch. Ich hielt es für eine prima Idee – jedenfalls zu dem Zeitpunkt.

Als wir am nächsten Morgen vor der Schule aus Mums Auto stiegen, zeigten alle lachend auf uns. Ich muss zugeben, dass meine Brüder zum Brüllen aussahen. Miniröcke sind nicht gerade ihr bestes Modestatement. Keiner von ihnen hat dafür die passenden Beine. Und auch keine geeigneten Schuhe.

»Ich sterbe auf der Stelle vor Scham«, stöhnte Dan und zupfte an seinem Rock.

»Ich ziehe mich noch vor dem Unterricht auf dem Klo um«, verkündete Nick.

Nick ist eigentlich der jüngste meiner großen Brüder, doch er wird die anderen bald überragen. Er geht erst in die neunte Klasse, aber er ist schon so groß wie Dan, der zwei Klassen über ihm ist. Matt ist mein ältester Bruder und geht in die zwölfte Klasse. Er blieb auf dem Parkplatz stehen, warf mir einen finsteren Blick zu und murmelte: »Ich sehe lächerlich aus.«

Das stimmte. Er ist fast einen Meter neunzig groß und seine Boxershorts blitzten unter dem Rock hervor.

»Sei kein Weichei, Big Bro.« Lachend schlug ich ihm auf den Rücken. Dann marschierten wir zum Eingang – wo wir direkt in die Rektorin hineinliefen.

Mrs C begann sofort, uns zu ermahnen, weil wir »nicht die Schuluniform« trugen.

»Und ob!«, widersprach ich. »Ich trage meine Sporthose und meine Brüder die Uniformröcke.«

»Die Schuluniform für Jungs sieht keine Röcke vor«, belehrte sie mich.

»Steht denn tatsächlich irgendwo geschrieben, dass die Jungs keine Röcke tragen dürfen?«, fragte ich herausfordernd.

»Ähm, nein«, lenkte sie ein. »Nicht direkt.«

»Sehen Sie!«, gab ich zurück.

Sie sah mich über den Rand ihrer Brille hinweg an. »Josephine Watson, du gehst erst in die siebte Klasse, und ich kann schon gar nicht mehr zählen, wie oft du bereits die Hausregeln missachtet hast. Versuchst du etwa, ins *Guinness-Buch der Rekorde* zu kommen?«

»Nein, Miss. Außerdem missachte ich nur die *blöden* Regeln.«

Mrs C hob eine Augenbraue. Matt stupste mich an und Nick trat mir auf den Fuß.

»Mach nur so weiter, dann wirst du heute nachsitzen«, drohte Mrs C.

Meine Brüder sogen hörbar die Luft ein.

»Ist das Ihr Ernst, Miss?«, erkundigte ich mich.

»Allerdings«, erwiderte sie. Dann befahl sie uns, Schuluniformen aus der Fundsachen-Kiste anzuziehen. Für mich gab es darin nur eine schmuddelige Hose, die mir fünfzehn Zentimeter zu kurz war. Sie war grässlich, stank noch schlimmer und ich sah darin total bescheuert aus.

Als ich ins Klassenzimmer kam, kriegte Kara sich vor Lachen schier nicht mehr ein.

»Was hast *du* denn an?«

Daraufhin starrten natürlich alle sofort in meine Richtung.

»Ein Ballkleid«, erwiderte ich sarkastisch. Alle kicherten darüber, außer Kara.

»Aber ich dachte, du würdest deine Shorts anziehen«, sagte sie und sah dabei möglichst unschuldig drein.

»Die hatte ich auch an, aber Mrs C bestand darauf, dass ich mich umziehe.«

Kara wandte sich an Lily. »Ich habe dir gleich gesagt, dass sie Ärger bekommen wird.«

Lily schnitt eine Grimasse. Die beiden saßen mit Chloe und Elly auf ihrem Tisch.

»Von wegen, ich habe überhaupt keinen Ärger bekommen«, sagte ich, was ja auch beinahe stimmte.

(Ich erwähnte nicht, dass Mrs C mir mit Nachsitzen gedroht hatte. Das war mir sowieso egal. Hier ging es um eine gute Sache.)

Ich glitt auf meinen Platz am Tisch daneben und stellte meine Tasche auf den Boden. »Wenn ihr es genau wissen wollt, hat Mrs C mich gefragt, ob ich versuche, ins *Guinness-Buch der Rekorde* zu kommen.«

»Echt?«, keuchte Chloe. »Das wäre supercool!« Chloe glaubt alles, was man ihr erzählt.

»Wieso hast du eigentlich Shorts getragen?«, wollte Elly wissen.

»Sie hat eine Petition aufgesetzt, dass wir alle unsere Shorts tragen dürfen«, erklärte Lily.

»Cool«, sagte Ryan. »Die würde ich unterschreiben.«

Liam nickte. »Ich auch.«

Ryan und Liam sind die Klassenclowns und sitzen am selben Tisch wie ich. Wir haben eine Menge Spaß zusammen. Ich holte die Petition heraus und sie unterschrieben sie. Wow, dachte ich, schon zwei Unterschriften.

»Eigentlich hatte ich nicht vor, als Einzige Shorts zu tragen«, sagte ich und sah Lily dabei direkt an.

Ihre Miene verdüsterte sich, was mir recht war.

»Setz Lily nicht so zu«, fuhr Kara mich an. »Du darfst nicht erwarten, dass alle nach deiner Pfeife tanzen.«

Sie hatte es gerade nötig! Das wollte ich ihr sagen, doch in dem Moment kam unsere Klassenlehrerin Mrs W herein.

Während sie die Anwesenheitsliste durchging, flüsterte Kara fast die ganze Zeit auf Lily ein und warf mir dabei kleine, stichelnde Blicke zu, also redete sie vermutlich über mich.

Na toll.

Englisch

Anschließend hatten wir eine Doppelstunde Englisch. Ich hasse Englischstunden, und Doppelstunden hasse ich gleich doppelt so sehr.

Mum meint, ich solle den Englischunterricht als Herausforderung betrachten, »die ich meistern kann, da ich die Fähigkeit habe, großartig allen Widrigkeiten des Lebens zu trotzen.«

Ich würde den Englischunterricht gern als Herausforderung betrachten, »die ich meistern kann, da ich die Fähigkeit habe, großartig allen Widrigkeiten des Lebens zu trotzen«, wenn mein Lehrer nicht so ein totaler geistiger Tiefflieger wäre. Mr J scheint es für pädagogisch wertvoll zu halten, seine Schüler vor Demütigung eines langsamen Todes sterben zu lassen.

Wenn etwas laut vorgelesen werden soll, wählt er immer eins der Kinder mit Legasthenie aus, damit es sich vor der ganzen Klasse blamiert. Vorzugsweise trifft es mich. Warum?! WARUM?! Ich bin grässlich legasthenisch. Dabei wimmelt es in meiner Klasse von Kindern, die ganz scharf darauf sind, laut vorzulesen. Zum Beispiel die ganzen Kids mit Theaterambitionen (von denen Kara eins ist). Wieso nimmt er ausgerechnet mich dran?

Oder er stellt der ganzen Klasse eine Frage und will, dass ich sie beantworte, obwohl ich mich nicht mal gemeldet habe. Wieso nimmt er nicht eins der Kids dran, die wie wild mit den

Händen wedeln und ganz offensichtlich die richtige Antwort kennen? Was bringt es denn, jemanden zu fragen, der ganz klar keinen blassen Schimmer hat?

Für mich steht fest, dass der Typ ein Knallkopf ist.

Ich hockte da und wappnete mich für den üblichen Tiefschlag, während Mr J unsere Hausaufgaben zurückgab. Ich klappte mein Heft auf. Wie üblich, war der halbe Text grellrot durchgestrichen, unterkringelt und mit traurigen Smileys gepflastert.

☹ ☹ ☹

Lehrern sollte die Verwendung von Emojis untersagt werden. Es ist megapeinlich, wenn sie versuchen, hip zu sein. Obendrein hat er ans Ende der Seite riesengroß geschrieben: »Überprüfe deine Rechtschreibung.« Wie soll ich denn meine Rechtschreibung überprüfen, wenn ich von vornherein nicht weiß, wie etwas geschrieben wird?

Sagte ich schon, dass der Typ ein Honk ist?

Egal, was kümmert mich die blöde Rechtschreibung?

Erstens haben alle Computer eine Rechtschreibprüfung.

Zweitens ist die englische Rechtschreibung sowieso komplett BEKNACKT. Man kann ein Wort auf drei unterschiedliche Weisen schreiben, die Aussprache ist immer dieselbe. Das ist doch gaga!

Drittens kann ein falsch geschriebenes Wort auch nützlich sein. Ich weiß nämlich, wie der Süßstoff erfunden wurde. Nach einem wissenschaftlichen Experiment notierte jemand »*taste* the results« anstatt »*test* the results«, also man solle das Ergebnis probieren, nicht testen! Wenn derjenige sich damals nicht verschrieben hätte, wäre die geniale Erfindung unentdeckt geblieben und es gäbe heute keine Diätcola.

Mr J war bereits dabei, Arbeitsblätter zu verteilen. »Heute arbeiten wir an etwas, das man *Erörterung* nennt. Wenn ein Text überzeugen soll, sollte er mindestens drei gute Argumente ins Feld führen«, ließ er uns wissen.

Wieso drei?, dachte ich. Würde ein einziges, richtig gutes Argument nicht genügen? Und von wem stammt diese Regel überhaupt?

Mr J redete immer noch. »Ich möchte, dass ihr drei Gründe dafür findet, wieso es euch gestattet sein sollte, selbst über eure Schlafenszeit zu entscheiden. Listet die drei Gründe auf und schreibt darunter eine kurze Zusammenfassung eurer Argumente.«

Ich hatte Mühe, ihm zu folgen. Das lag zum Teil daran, dass ich mich damit schwertue, mehrere Anweisungen gleichzeitig zu verarbeiten, zum größten Teil aber daran, dass ich in Gedanken woanders war. Ich machte mir Sorgen, weil ich vorhin zu Lily gemein gewesen war.

Sobald Mr J mir den Rücken zudrehte, riss ich die Ecke eines Blatts von meinem Arbeitsheft ab und schrieb ihr.

Lil tut mia laid Josie

Ich beugte mich nach vorn, um ihr das Papier zu geben, aber als sie gerade danach griff, sah Mr J in meine Richtung.

»Josie Watson!«, fuhr er mich an. »Mach dich an die Arbeit! Du hast es von allen Kindern in der Klasse am nötigsten, dich in Englisch mehr anzustrengen. Und hör damit auf, andere abzulenken, die …« Er war drauf und dran, uns einen Vortrag darüber zu halten, wie wichtig Englisch für die Zukunft jedes Einzelnen von uns ist (gähn), da ging die Tür zum Klassenzimmer auf und Mrs C rettete uns.

Sie hatte ein Mädchen dabei, das unsere Schuluniform und ein dazu passendes blaues Kopftuch trug.

Nadima

»Guten Morgen, 7R«, sagte Mrs C. »Das ist Nadima. Sie ist noch nicht lange in Großbritannien und spricht nur sehr wenig Englisch. Aber ich weiß, dass ihr euch gut um sie kümmern und sie willkommen heißen werdet.«

Sie nickte Mr J zu und ging. Dabei zog sie die Tür so fest hinter sich zu, als hätte sie Angst, das Mädchen könnte weglaufen wollen. Das wäre ihr nicht zu verdenken gewesen, denn alle starrten sie an. Zum Fürchten, oder? Man hätte meinen können, sie sei eine Außerirdische. Und das nur, weil sie neu in der Klasse war. Aber sie stand an der Tür und starrte tapfer, ja geradezu mutig zurück.

Als ihr Blick auf mich fiel, schenkte ich ihr zur Begrüßung ein breites Lächeln. Es war toll, wie ihr ganzes Gesicht daraufhin strahlte, als sie zurückgrinste. Da der Platz neben mir frei war, klatschte ich mit der Hand drauf und gestikulierte in ihre Richtung. Sie kam zu mir, glitt auf den Stuhl und grinste mich dabei immer noch strahlend an.

»Hi, ich bin Josie«, sagte ich.

Sie antwortete: »Ich bin Nadima. Hallo.« Aber sie hatte einen sehr starken Akzent, darum klang es eher so: »Ichch binn Nadieeema. Hhhall-o.«

Etwas war total seltsam. Obwohl ich sie nicht kannte und nicht wusste, wie sie war, konnte ich nicht anders, als sie augenblicklich ins Herz zu schließen. Ich glaube, es gefiel mir, dass sie so forsch war. Sie wirkte wie jemand, der sich nichts gefallen ließ.

Ich fand es schön, dass zur Abwechslung jemand neben mir saß. In diesem Schuljahr war der Platz neben mir in fast jedem Fach leer geblieben. Lily war meine beste Freundin in der Grundschule gewesen und hatte dort immer neben mir gesessen. Aber im letzten Schuljahr hatte sie angefangen, neben Kara zu sitzen. Versteht mich nicht falsch, Lily und ich sind immer noch Freundinnen, und ich habe auch noch eine Menge anderer Freundinnen, wie Chloe und Elly.

Wir sind alle eine große Clique, darum sollte alles prima sein, und das wäre es auch, wenn Kara und ich uns nicht auf den ersten Blick gehasst hätten, im wahrsten Sinne des Wortes. Ihr könnt euch nicht vorstellen, wie schwer es ist, mit jemandem befreundet zu sein, der mit jemandem befreundet ist, der euch nicht leiden kann.

Jedenfalls kam Mr J zu uns herüber und reichte Nadima das Arbeitsblatt über das Schlafenszeit-Thema. Und dann sagte er, ich solle ihr helfen.

Ich?!??*!*!

Ernsthaft?!

Ich bin vermutlich der letzte Mensch auf Erden, der irgendjemandem in Englisch helfen kann.

Aber ich tat mein Bestes und versuchte, ihr langsam und deutlich zu erklären, worin unsere Aufgabe bestand. Nadima nickte höflich. Ich glaube allerdings, dass sie kein einziges Wort verstand. Doch das schien sie gar nicht zu stören. Vielleicht war sie daran gewöhnt.

Als der Pausengong ertönte, sah sie mich nur schulterzuckend an und grinste breit, während wir unsere Sachen zusammenpackten.

»Ihr könnt eure Erörterung daheim fertig machen«, bellte Mr J, als alle aus dem Klassenzimmer strömten.

Daraufhin stöhnten alle genervt, außer Nadima natürlich.

Sprichst du Schokolade?

Draußen auf den Stufen vor der Mensa versammelten sich alle um Nadima wie Haselnusskrokant auf einem Ferrero Rocher. Zum einen, um sie zu begrüßen, zum anderen, um nichts zu verpassen.

Kara legte sofort los.

»Hi! Ich bin Kara«, sagte sie, warf lässig ihre Haare zurück und zog alle Aufmerksamkeit auf sich. »Wo kommst du her?«

Nadima lächelte und zuckte bedauernd die Schultern.

»Ich denke nicht, dass sie dich versteht«, sagte ich.

Kara warf mir einen vernichtenden Blick zu. »Was du nicht sagst«, meinte sie. Dann wiederholte sie die Frage langsamer und lauter. Lauter! So ein Blödsinn.

»Ich glaube nicht, dass sie taub ist«, bemerkte ich trocken.

Kara ignorierte mich und preschte weiter vor. »Sprichst … du … Englisch?«

Doch bevor Nadima überhaupt antworten konnte, sagte Chloe: »Seit wann lebst du in England?«

Elly fragte: »Woher kommst du?«

Und Lily wollte wissen: »Wo lebst du jetzt?«

Sie überhäuften sie förmlich mit Fragen. Es war bescheuert.

Nadima lächelte und nickte nur. Aber sie wirkte allmählich ein bisschen verwirrt.

»Das reicht«, rief ich. »Lasst sie in Ruhe. Ihr merkt doch, dass sie kein Wort versteht.«

»Also, das ist einfach nur rassistisch! Zu denken, sie könne kein Englisch«, behauptete Kara.

»Nein, das ist es nicht!«, sagte ich wütend.

»Josie hat das nicht rassistisch gemeint«, sagte Lily ruhig.

»Mrs C hat uns gesagt, dass Nadima nur sehr wenig Englisch spricht«, erklärte ich.

Als ich ihren Namen nannte, schaute Nadima mich an. Plötzlich war es mir peinlich, dass wir alle über sie redeten, als wäre sie gar nicht anwesend.

Doch dann fingen Ryan und Liam an, wie Bekloppte herumzuhüpfen und aufeinander draufzuspringen, bis sie beide ins Gras kullerten. Dann rangelten sie miteinander. Es ging ihnen bestimmt darum, Nadimas Aufmerksamkeit zu erregen. Sie grinste und verdrehte die Augen.

»Wow, total erwachsen«, sagte ich zu den Jungs. Dann sah ich Nadima an und sagte: »Jungs, was?«

»Ja, Jungs, was?«, wiederholte sie im genau gleichen Tonfall, aber mit ihrem witzigen Akzent.

Alle lachten sich kringelig und Nadima lächelte mich an. Ryan und Liam lagen auf dem Boden und grinsten wie Vollpfosten.

»Wartet mal! Ich hatte gerade einen brillanten Einfall«, sagte Kara. Sie zog ihr Handy aus der hinteren Tasche ihrer Hose. »Wir können doch Google Translate verwenden.«

»Tolle Idee«, rief Lily und holte ebenfalls ihr Handy raus.

»Ja«, stimmten Chloe und Elly zu und griffen ebenfalls nach

ihren Handys. Ich machte mir gar nicht erst die Mühe. Ehrlich, ich und Google Translate? Ich finde es schon schwierig genug, etwas Englisches zu lesen.

Karas »brillanter Einfall« erwies sich als ziemlicher Reinfall. (Ich meine das nicht hämisch, ich erwähne es nur.) Die größte Schwachstelle bestand darin, dass wir gar nicht wussten, aus welchem Land Nadima stammte, und als wir sie danach fragten, verstand sie uns nicht.

»Wir fangen am Anfang der Liste an und arbeiten die Sprachen alphabetisch ab«, schlug Kara vor. Sie las die erste Sprache vor. »Afrikaans.«

»Wird das in Afrika gesprochen?«, fragte Chloe.

»Bestimmt.« Elly zuckte die Schultern.

Ich sah zu Lily hinüber und schlug schweigend die Hände vors Gesicht. Sie verkniff sich ein Kichern. Ich hatte immer noch ein schlechtes Gewissen wegen dem, was ich wegen der Shorts-Sache zu ihr gesagt hatte. Ich wollte mich entschuldigen. Aber das ging nicht, solange Kara und die anderen dabei waren.

Chloe scrollte sich durch die Sprachenliste auf ihrem Handy. »Du meine Güte, es gibt ja Hunderte!«

»Von den meisten habe ich noch nie gehört«, sagte Elly. »Was ist das für eine? Bangla?« Sie klickte darauf.

তুমকিে োথাথকেএেসছে

»Seht euch das an«, rief sie und zeigte uns das Display.

Jetzt waren alle damit beschäftigt, sich verschiedene Sprachen anzusehen. Zum Beispiel:

كترضحدلبيأنم

was Arabisch ist, und:

你从哪里来的

was Chinesisch ist, und:

あなたの出身はどこですか

was Japanisch ist.

Das war ja alles total faszinierend, aber es brachte nichts. Nadima schaute es sich nicht mal an. Sie stand nur da und sah verblüfft drein. Ich grinste sie an und zuckte komisch übertrieben die Schultern. Sie grinste und tat es mir nach.

Als Kara bewusst wurde, dass es unmöglich war, sich mit Nadima zu unterhalten, verlor sie das Interesse und ging. Natürlich mit Lily im Schlepptau.

Auch alle anderen verzogen sich nach und nach.

Kurz darauf war ich mit Nadima allein. Eine Ewigkeit lang starrten wir uns schweigend und verlegen an.

»Äh … Sprichst du Französisch?«, fragte ich. Nadima sah mich nur an. »Äh … Deutsch?«, probierte ich.

Sie runzelte die Stirn. Ich nahm das als Nein. Umso besser, denn ich spreche sowieso weder Französisch noch Deutsch.

Wieder entstand eine lange, noch peinlichere Stille. Dann hatte ich einen grandiosen Einfall, wenn ich das so sagen darf. Ich griff in meine Tasche, holte eine Schokoladentafel heraus, brach ein Stück davon ab und bot es Nadima an.

»Sprichst du Schokolade?«, fragte ich.

Und wieder schien ihr Gesicht regelrecht aufzuleuchten und sie bekam einen lebhaften Blick. Sie nahm die Schokolade, aber bevor sie diese in den Mund steckte, wühlte sie in ihrer Schultasche herum und reichte mir etwas, das in Alufolie gewickelt war. Ich schälte die Folie ab, und etwas, das wie die türkische Süßigkeit Lokum aussah, kam zum Vorschein.

Es war ein sehr großes Stück eingedickter Sirup, in Puderzucker gewendet. Ich war eigentlich noch nie besonders scharf auf Lokum, um ehrlich zu sein. Es ist mir zu klebrig und zu zäh. Aber ich aß es, um sie nicht zu beleidigen. Und was soll ich sagen: Es war köstlich. Es war überhaupt nicht wie das Zeug, das man im Laden kaufen kann. Es war viel weicher und blieb nicht an den Zähnen kleben, sondern schmolz förmlich im Mund. Superlecker!

Da standen wir und futterten die Süßigkeiten, die wir uns gegenseitig geschenkt hatten, und in diesem Moment wusste ich, dass wir Freundinnen werden würden, auch wenn keine von uns ein Wort von dem verstand, was die andere sagte.

Keine Ahnung, woher ich das wusste. Ich kann es nicht erklären. Aber ich wusste es einfach.

Schreibst du mir?

Ich hatte den ganzen Tag keine Gelegenheit, mich bei Lily zu entschuldigen. Darum schrieb ich ihr sofort, als ich nach der Schule wieder zu Hause war.

> Tut mia laid das ich fihs zu dia war.
> Schreibs du mia?

Die Autokorrektur zauberte daraus:

> Tut mir leid, dass ich fies zu dir war.
> Schreibst du mir?

Ich wartete eine Weile, aber es kam keine Antwort. Lil ist eigentlich nicht der Typ, der einem lange grollt. (Im Gegensatz zu anderen Leuten. Ich nenne keine Namen, aber ihr könnt es euch sowieso denken.) Wenn sie nicht mit mir reden wollte, musste ich sie ernsthaft verärgert haben. Ich beschloss, sie später anzurufen, falls sie mir nicht schrieb.

Donnerstags bin ich immer damit dran, das Abendessen zu kochen. Ich warf eine Packung Nudeln in kochendes Wasser, öffnete drei Dosen Thunfisch und rieb bergeweise Käse. Ihr glaubt gar nicht, wie viel meine Brüder verputzen können. Das kommt daher, dass sie so viel Sport treiben. Ich vermischte alle Zutaten zu einem Thunfisch-Nudelauflauf und schob ihn in den Ofen. Dann checkte ich wieder mein Handy. Immer noch keine Antwort von Lily.

Die Donnerstagabende sind übrigens die besten der ganzen Woche. Nick hat Fußballtraining, Dan spielt Rugby und Matt geht zum Karate (wie übrigens so ziemlich jeden Abend). Meine Brüder sind alle unfassbar sportlich und der Spiegel im Flur ist fast komplett mit ihren Medaillen zugehängt. Ich war sechs Jahre alt, als ich das letzte Mal eine Medaille gewonnen habe, und zwar zusammen mit Lily beim Dreibeinlauf. Aber Mum hebt sie alle auf. Eines Tages wird das Gewicht der ganzen großartigen sportlichen Erfolge dieser Familie den Spiegel von der Wand reißen.

(Lach!)

Donnerstags kommen meine Brüder also schnell hereingerauscht, schnappen sich ihre Sportsachen und flitzen schon wieder davon. Zwei Stunden später holt Mum sie ab, wenn sie von der Arbeit heimfährt.

Und so bin ich ganz allein zu Hause – allein mit dem Computer! Matt ist der Einzige von uns, der einen eigenen Laptop hat, darum muss ich mich immer mit Nick und Dan um den Laptop in der Küche rangeln. Mum hat mir versprochen, dass ich einen eigenen bekomme – wenn ich in die zwölfte Klasse komme. Also erst in fünf Jahren! So lange kann ich nicht warten, denn ich gründe gerade ein Unternehmen. Ich setzte mich an den Rechner und öffnete die Website, die ich gestaltete.

Wusstet ihr, dass unheimlich viele erfolgreiche Unternehmer Legastheniker sind? Da wären zum Beispiel Lord Alan Sugar (bekannt aus der amerikanischen Sendung *The Apprentice*) und die Gründerin der Kosmetikkette *The Body Shop*. Außerdem Richard Branson und Jamie Oliver … und der Typ, der auf die Idee mit den IKEA-Möbelhäusern kam. (Ich weiß nicht, wie er heißt, und wenn ich es wüsste, könnte ich seinen Namen vermutlich nicht buchstabieren.) Ich bin wild entschlossen, selbst eine von ihnen zu werden.

Ich habe alle möglichen Geschäftsideen ausprobiert. Letzten Sommer habe ich vor unserem Haus selbst gebackene Cupcakes und Limonade verkauft, was ziemlich gut lief. Dann habe ich versucht, meine Brüder als Babysitter und Autowäscher zu vermieten, was total danebenging. Das kam zum Teil daher, dass sie nicht begeistert davon waren, mir mein Honorar in Höhe von zehn Prozent ihrer Einnahmen auszuhändigen. Aber größtenteils lag es daran, dass sie nicht viel davon hielten, überhaupt arbeiten zu müssen.

Ich habe eine Menge Ideen. Meine beste im Moment ist eine Website für Kinder, auf der sie ihre alten Spiele und Klamotten verscherbeln können. Mit dem Geld können sie dann neue Sachen kaufen, weshalb (und das ist ein Geniestreich!) die ganzen Spiele- und Klamottenläden ganz scharf darauf sein werden, auf meiner Seite Werbung zu platzieren. Damit verdiene ich dann mein Geld. Clever, was?

Aber ohne einen eigenen Rechner kann ich kein erfolgreiches Unternehmen leiten.

Ich arbeite daran.

Ich checkte erneut mein Handy. Immer noch keine Antwort von Lily. Ich wäre jede Wette eingegangen, dass Kara ihr befohlen hatte, mich zu ignorieren. Also versuchte ich, sie anzurufen, aber Lil ging nicht ran. In dem Moment hörte ich Mums Schlüssel in der Haustür und kurz darauf kamen meine Brüder wie eine Herde hungriger Elefanten in die Küche getrampelt.

»Hm, das riecht gut«, sagte Mum, die hinter ihnen in die Küche kam und mich umarmte.

»Her mit dem ESSEN!«, schrie Nick, schob sich an mir vorbei und ließ sich auf seinen Stuhl fallen.

»Was gibt es zum Abendessen?«, wollte Matt wissen und stieg über Nick, um zu seinem Stuhl zu gelangen.

»Nudelauflauf mit Thunfisch«, verkündete ich.

»Bitte sag, dass du keine Erbsen hineingetan hast«, bettelte Dan, der sich unter dem Tisch hindurchduckte, um an seinen Platz zu kommen.

»Ich habe Erbsen hineingetan«, sagte ich vergnügt und stellte die Auflaufform auf den Tisch.

»Ach nöööööö!«, stöhnte Dan, der auf der anderen Seite des Tisches auftauchte.

»Reiß dich zusammen und iss dein Gemüse.« Ich grinste.

Mum saß ruhig auf ihrem Platz und ignorierte das Chaos um sich herum.

»Es sieht großartig aus, Schatz. Danke«, sagte sie und verteilte mit dem Servierlöffel den Nudelauflauf.

Er war übrigens sehr lecker, wenn ich das so sagen darf.

»Und, hattet ihr alle einen schönen Schultag?«, erkundigte sich Mum, während wir zulangten.

»Perfekt«, erwiderte Matt und warf mir einen finsteren Blick zu. »Die Röcke waren der absolute Hit«, sagte er ausdruckslos.

»Ah«, meinte Mum.

»Ja, ich hatte besonders viel Spaß daran, von Mrs C angepflaumt zu werden«, sagte Dan.

»Ganz zu schweigen davon, dass wir den ganzen Tag in irgendwelchen widerlichen Klamotten von jemand anderem herumlaufen durften«, stöhnte Nick.

»Ja, danke, Schwesterchen«, sagte Dan.

»Ich kann nichts dafür«, verteidigte ich mich. »Woher hätte ich ahnen können, dass Mrs C uns zwingt, die Fundsachenkiste zu durchwühlen.«

»Ich bin sicher, dass mich etwas gebissen hat.« Nick schüttelte sich und kratzte sich wie verrückt die Beine.

Mum schnitt eine Grimasse. »Also ein rundum mieser Tag, ja?«

»Nicht ganz«, sagte ich und erzählte ihr von Nadima.

»Woher stammt sie?«, wollte Matt wissen.

»Keine Ahnung. Ich kann sie nicht fragen, weil sie zu wenig Englisch versteht.«

»Das muss schwer sein«, sagte Mum, »wenn man den ganzen Tag von Menschen umgeben ist, deren Sprache man nicht spricht.«

»Also etwa so, wie mit den Mädchen in meiner Klasse abzuhängen«, sagte Dan.

»Und vermutlich ist es auch ein wenig furchteinflößend«, fuhr Mum fort.

»Ich sag's ja, etwa so, wie mit den Mädchen in meiner Klasse abzuhängen«, sagte Dan. Matt grinste ihn an.

»Ich hoffe, dass alle nett zu ihr sind«, sagte Mum. »Damit sie das Gefühl hat, willkommen zu sein, und sich leichter integriert.«

Ich dachte daran, wie Kara versucht hatte, Google Translate zu verwenden. Aber dann fiel mir ein, wie alle sich verzogen hatten, nachdem ihnen klar geworden war, dass sie mit Nadima gar nicht reden konnten. Das fand ich im Nachhinein ein bisschen gemein.

»Sie ist total wild darauf, Englisch zu lernen«, sagte ich. »Sie hat ständig auf Sachen gezeigt wie die Treppe und eine Bank und hat gefragt: ›Was ist bitte?‹ Also habe ich ihr den ganzen Tag die Bezeichnungen für Dinge genannt. Ich kam mir vor wie ein wandelndes Wörterbuch.«

»Komm aber nicht auf die Idee, ihr zu zeigen, wie man etwas schreibt«, meinte Nick.

»Ha, ha, sehr witzig«, sagte ich.

»Nick, das ist nicht lustig.« Mum warf ihm einen warnenden Blick zu.

Nick grinste mich an, aber ich ignorierte ihn. Es stört mich nicht, wenn man mich wegen meiner Rechtschreibschwäche aufzieht, aber manchmal bin ich einfach nicht in der richtigen Stimmung dafür. Ich war sauer, weil meine Shorts-Aktion ein totaler Reinfall gewesen war, außerdem wartete ich sehnsüchtig darauf, dass Lily endlich schrieb.

Falls sie nicht mehr mit mir redete, dann würde morgen ein echt blöder Tag werden.

Melodrama!

Wir hatten schon den halben Weg zur Schule zurückgelegt, als Mum plötzlich merkte, dass sie ihre Hausprospekte auf dem Küchentisch liegen gelassen hatte.

»Verdammt, verdammt, verdammt!«, schimpfte sie und trat auf die Bremse. Um uns herum kreischten Reifen und Hupen jaulten.

Das ist das Problem, wenn man eine Immobilienmaklerin als Mutter hat. Die Fahrt zur Schule wird zum Wettrennen, weil sie immer versucht, uns bei der Schule abzuliefern und *gleichzeitig* zu ihrem ersten Besichtigungstermin aufzukreuzen.

»Ist ja gut!« Sie legte mitten im Berufsverkehr eine Dreipunkt-Wende hin.

»Muuuum!«, rief ich und klammerte mich an meinen Sitz.

»Tut mir leid, aber ich habe einen Termin direkt nachdem ich euch abgesetzt habe. Ihr werdet eben alle ein bisschen zu spät kommen.«

»Zur Abwechslung«, murmelte Dan.

Als wir endlich ankamen, sah der Schulhof verlassen aus. Ich drückte meine Tasche an die Brust und sauste los. Ich durchquerte den Englisch-Flügel und flitzte den Korridor hinunter, als eine Stimme bellte: »Josie Watson! Nicht rennen!«

Rate mal, wer es war. Mein Erzfeind, Mr J.

»Aber ich bin spät dran, Sir!«, rief ich.

»Wessen Schuld ist das?«

»Eigentlich nicht meine, Sir! Meine Mum …«

Er hob eine Hand. »Erspare mir deine Ausreden. Glaub mir, ich kenne sie alle.«

»Aber Sir, wenn ich nicht renne, komme ich zu spät zur Anwesenheitskontrolle.«

»Gut möglich, aber im Moment hast du Ärger, weil du im Flur gerannt bist. Und wenn du weiter hier herumstehst und mir widersprichst, kommst du vermutlich obendrein zu spät zur Anwesenheitskontrolle«, endete er selbstgefällig. »Und jetzt lauf. Aber nicht RENNEN!«

Echt jetzt? *Lauf, aber renn dabei nicht?* Wie soll das denn bitte funktionieren?

Zum Glück war Mrs W nicht mal im Klassenzimmer, als ich hereingestürmt kam. Umso besser. Alle quatschten und lachten und alberten herum und der Lärmpegel war ohrenbetäubend. Ryan und Liam bewarfen sich gegenseitig mit Stiften, während Liam gleichzeitig in Mrs Ws Drehstuhl herumwirbelte. Nadima saß schon auf dem Platz neben meinem. Sie lächelte, als sie mich sah, aber sie wirkte ein wenig schockiert über das Chaos um sie herum.

Lily und Kara saßen wie immer mit Elly und Chloe auf ihrem Tisch. Sie sangen alle zu etwas auf Karas Handy mit. Lily rutschte ein Stück, um für mich an der Ecke des Tisches Platz zu machen, also hockte ich mich an den Rand. Nadimas Miene verdüsterte sich. Ich hatte ein schlechtes Gewissen, aber ich musste dringend mit Lily reden.

»Ich habe dir geschrieben und dich angerufen, aber du bist nicht rangegangen«, sagte ich, aber ganz leise, in der Hoffnung, Kara, die immer die Ohren spitzte, würde es nicht hören.

»Tut mir leid, mein Akku war leer«, sagte Lily und schnitt eine Grimasse.

»Oh, war das alles?«

Sie warf mir einen fragenden Blick zu.

»Ich dachte, du wärst sauer auf mich, weil ich wegen der Shorts-Sache so gemein zu dir war.«

»Was?! Nein! Natürlich nicht, du Hirni!« Sie grinste.

Ich grinste verlegen zurück. »Tut mir leid«, sagte ich. Sie lächelte und zuckte die Achseln. Ich war total erleichtert. Vielleicht würde es doch kein bescheuerter Tag werden.

Aber gerade in diesem Moment erwähnte Chloe die Erörterung und ich keuchte erschrocken. Die hatte ich völlig vergessen.

»Oh mein Gott, Mr J wird mich fertigmachen! Wann haben wir Englisch?«

»Keine Panik.« Lily lachte. »Du kannst sie in der Mittagspause machen. Ich helfe dir dabei.«

Aus dem Augenwinkel sah ich Kara die Augen verdrehen. Ich ignorierte sie.

»Danke, Lil!« Dann fügte ich hinzu: »Ich setze mich neben Nadima. Okay? Sie ist ganz allein.«

»Klar«, sagte Lily. Ich rutschte auf meinen eigenen Platz – und sofort leuchtete Nadimas Gesicht auf.

Die Erwähnung der Englisch-Hausaufgabe hatte Kara prompt in ihren megamelodramatischen Modus versetzt. »Es war einfach grässlich«, verkündete sie der ganzen Klasse (offensichtlich ging sie davon aus, dass alle lebhaft Anteil nehmen würden). »Ich hatte deswegen einen Riesenkrach mit meinem Stiefvater. Er hat mir unmissverständlich gesagt, dass er das Recht hat, mir vorzuschreiben, wann ich schlafen gehen soll!«

»Was?! Er ist ja nicht mal dein Vater!«, rief Chloe.

»Er hat überhaupt nichts zu bestimmen«, pflichtete Lily ihr bei.

»Für wen hält er sich eigentlich?«, fragte Elly, die auch zur Eskalation des Dramas beitragen wollte.

»Ich weiß! Ich habe ihm kräftig meine Meinung gesagt und dann hat Mum mich deswegen geschimpft«, sagte Kara. Dann legte sie den Kopf auf Lilys Schulter und fügte hinzu: »Ich hasse mein Leben.« Lily legte den Arm um sie.

»Oh mein Gott! Du spielst dich dermaßen auf, Kara!« Ich lachte. »Es ist ja nicht so, als hätte er dich um halb sechs in dein Zimmer geschleift, dich hineingestoßen und die Tür verriegelt!«

Kara warf mir einen vernichtenden Blick zu. »Du weißt gar nichts über mein Leben!«, blaffte sie mich an.

Ehrlich gesagt, man könnte meinen, sie wäre die Einzige, die je einen Stiefvater hatte, so wie sie auf dem Thema herumreitet. Sie hält sich wohl für eine Art Schneewittchen.

Fattusch

Als wir von Klasse zu Klasse stapften, hing Nadima an mir wie eine Klette, was sehr klug war, da unser Schulgebäude ziemlich weitläufig ist. Ich habe schon mal ernsthaft darüber nachgedacht, einen Gebäudeplan zu zeichnen.

Während die anderen Kinder munter quatschten, liefen Nadima und ich schweigend herum und tauschten hin und wieder ein Lächeln, aber es war überhaupt nicht peinlich. Immer wenn wir in ein Klassenzimmer kamen, sagte ich ihr, was für einen Unterricht wir jetzt hatten, und zeigte ihr, welche Bücher sie herausholen sollte. Was offen gesagt alles war, was ich ihr an Hilfestellung geben konnte.

Es war ein typischer Freitagmorgen: eine Doppelstunde Naturwissenschaften (Langeweile im Doppelpack), gefolgt von Geschichte (Langeweile hoch zehn) und dann Französisch (zum Einschlafen!). Ich hatte keine Ahnung, ob Nadima überhaupt etwas vom Unterricht verstand. (Aber das hatte sie mit den meisten anderen in der 7R gemeinsam.) Sie versuchte, sich Notizen zu machen, gab es aber bald auf.

Französisch muss für sie der absolute Albtraum gewesen sein. Ich meine, wie soll sie es denn schaffen, auf Englisch Französisch zu lernen, wenn sie kein Englisch versteht? Es wäre so, als würde ich versuchen, auf Russisch Italienisch zu lernen, oder etwas in der Art. Totaler Käse! Außerdem ist unsere Französischlehrerin das Letzte. Sie liest nur Sachen von der Tafel ab. Sie ist so nützlich wie ein Teelöffel aus Schokolade. Es ist unerträglich langweilig.

Nach fünf Minuten schweifte ich in Gedanken total ab und überlegte mir Namen für mein Online-Business. Etwas Eingängiges, so etwas wie »Amazon« oder »Zalando«. Dann begann ich mich zu fragen, warum »Amazon« eigentlich »Amazon« hieß und warum »Zalando« eigentlich »Zalando« hieß. Und was bedeutete das Wort »Zalando« überhaupt?

Endlich gongte es zum Ende der Stunde und wir machten uns auf den Weg in die Mensa. Lily und Kara und alle anderen saßen zusammen, aber ich war einfach nicht in der Stimmung für Kara, besonders nachdem sie mir heute schon blöd gekommen war. Also setzte ich mich mit Nadima neben dem Fußballfeld unter die Bäume.

Viele Kinder waren draußen im Gras. Sie aßen oder alberten herum. Wir lehnten uns an einen Baumstamm, genossen den kühlen Schatten und holten unser Essen heraus. Ich bot Nadima meins zum Probieren an.

»Was ist?«, fragte sie.

»Thunfisch-Nudeln mit Mayo.«

»Thunfisch … Nudeln … Mayo«, wiederholte sie, bevor sie die Gabel zum Mund führte. Sie kaute einen Moment und sagte dann: »Mmmmh! Gut. Ich mag!«

»Danke. Habe ich selbst gemacht«, erklärte ich.

Sie runzelte die Stirn, darum wiederholte ich langsam: »Habe ich selbst gemacht.«

»Ah.« Sie nickte verstehend. Dann bot sie mir etwas von ihrem Essen an. »Mum machen«, sagte sie.

Es war so eine Art Salat mit Tomaten, Paprika, Gurken und Stücken von Fladenbrot. Ich nahm eine Gabel voll. Die Zutaten waren knackig, das Brot weich und mit Dressing vollgesogen. Zitronensaft und Gewürze veranstalteten auf meiner Zunge eine Geschmacksexplosion.

»Oh mein Gott, das ist superlecker«, nuschelte ich mit vollem Mund.

Nadimas Augen glänzten. »Ist Fattusch.« Sie grinste.

»Fattusch«, wiederholte ich. »Deine Mutter ist eine begnadete Köchin«, sagte ich und gönnte mir eine weitere Gabel voll.

Nach dem Essen holte ich mein Handy heraus. »Wollen wir unsere Nummern austauschen?«, fragte ich. Sie zuckte die Achseln, da sie mich nicht verstand, also mimte ich, wie ich auf dem Display tippte, und zeigte erst auf sie, dann auf mich.

»Ah! Ja!« Sie nickte.

Wir verbrachten den Rest der Mittagspause damit, uns unglaublich süße Bilder von Katzen und Hunden anzusehen, bis der Gong uns wieder in die Klassenzimmer rief. Es hatte echt Spaß gemacht. Es fühlte sich immer noch ein bisschen merkwürdig an, sich nicht richtig unterhalten zu können, aber wir amüsierten uns und schienen dieselben Dinge zu mögen. Wobei sie mehr ein Hundemensch zu sein scheint, während ich Katzen lieber mag. Aber was spielt das schon für eine Rolle?

Gleich nach dem Mittagessen hatten wir Englisch. In dem Moment, als ich mich hinsetzte, fiel mir siedend heiß ein, dass ich in der Mittagspause die dämliche Erörterung nicht gemacht hatte. Ich stöhnte laut auf, aber ich konnte daran nichts mehr ändern. Mr J würde mich umbringen.

»Das ist das dritte Mal in diesem Halbjahr.« Er starrte mich finster an. Und ich bin mir ziemlich sicher, dass er gehässig griente, als er hinzufügte: »Ich fürchte, das bedeutet einen Elternbrief.«

Ich keuchte. Mum würde austicken. »Kann ich die Aufgaben nicht einfach heute Abend machen?«, flehte ich.

»Nein. Das hättest du gestern Abend tun sollen.«

»Also, das ist ganz schön drastisch«, jammerte ich.

»Es reicht!«

»Aber Sir –«

»Noch ein Wort und es gibt einen Eintrag«, drohte er.

Ich verstummte. Der Rest der Klasse wurde totenstill. Dann sah Mr J Nadima an und schaute anschließend wieder zu mir zurück. »Ich hoffe, dass du auf unseren Neuankömmling keinen schlechten Einfluss ausüben wirst.«

Wie unfair war das denn?! Ich war sprachlos, aber das war wahrscheinlich gut so. Denn wenn ich einen Eintrag bekam, würde Mum mich garantiert umbringen.

Der Elternbrief

Samstagmorgens bin ich normalerweise als Erste unten. Hauptsächlich, damit ich noch vor meinen Brüdern den Computer in Beschlag nehmen kann, aber teilweise auch, damit ich mich als Erste von dem bedienen kann, was Mum als Wochenendfrühstück aufgetischt hat. Sonst verschwindet alles ruckzuck in einem meiner Brüder.

Heute Morgen gab es Waffeln. Ich mag sie übrigens heiß, getoastet und mit Schokocreme. Aber so mag sie bestimmt jeder. Ich hockte also in meinem Schlafanzug vor dem Rechner, leckte mir vergnügt die Schokolade von den Fingern und versuchte, ein Problem an meiner Website zu lösen.

Es ist denkbar einfach, eine Website einzurichten. Jeder Depp bekommt das hin. Aber ich versuchte herauszufinden, wie man eine so einrichtet, dass nicht nur ich, sondern auch andere Leute etwas hochladen können, wie bei eBay oder dem Kleiderkreisel. Ich wollte nicht, dass alles über mich abgewickelt wurde. Sonst würde ich meine ganze Zeit damit verbringen, Anzeigen für Leute zu schalten.

Genau in diesem Moment passierten zwei Dinge:

a) Ich hörte die Briefkastenklappe in der Haustür und

b) erinnerte mich an den Elternbrief.

Eine Nanosekunde lang erwog ich ernsthaft, in den Flur zu stürmen und den Brief abzufangen, bevor jemand ihn sah. (Mit »jemand« meine ich Mum.) Aber dann hörte ich sie die

Treppe herunterlatschen. An der Haustür hielt sie inne. Kein gutes Zeichen. Meist sammelt sie die Post ein und bringt sie in die Küche – es sei denn, es wäre mal etwas Interessantes dabei … oder etwas Ungewöhnliches. In diesem Fall öffnet sie den Brief an Ort und Stelle.

Ich hielt den Atem an.

»JOSEPHINE!«, brüllte sie und kam wütend in die Küche gestapft.

»Ich kann das erklären!«, rief ich.

Sie blieb stehen, um den Wasserkocher anzuschalten, dann drehte sie sich um und wedelte wütend mit dem Brief. »Du hast schon *wieder* deine Englischhausaufgaben vergessen.«

»Das war keine Absicht. Ich hatte vor, sie in der Mittagspause zu erledigen, mit Lily zusammen. Aber sie war beschäftigt.«

»Zu beschäftigt, um dir zu helfen? Das klingt nicht nach Lily. Hast du sie überhaupt gefragt?«, bohrte sie.

»Na klar«, verteidigte ich mich.

Und ja, ich weiß, dass ich die Wahrheit ein bisschen verdreht habe. Aber ich wollte nicht zugeben, dass ich in der Mittagspause vergessen hatte, die Hausaufgabe zu machen. Außerdem lag das nur daran, dass Lily mit Kara zusammen war und dass Kara mies zu mir gewesen war – also war es nicht wirklich meine Schuld, oder?

Mum seufzte. Dann goss sie zwei Becher Tee auf und gab mir einen.

»Speichere ab, was du gerade machst, und hör mal für einen Augenblick mit dem Computer auf«, sagte sie und setzte sich mir gegenüber an den Tisch. Mir wurde mulmig zumute.

»Keiner der Jungen hat je wegen vergessener Hausaufgaben einen Elternbrief bekommen, Josie«, sagte sie. »Und schon wieder in Englisch.« Sie fügte hinzu: »Schatz, liegt es an deiner Legasthenie?«

»Nein! Überhaupt nicht! Es liegt daran, dass Mr J mich nicht leiden kann. Ständig hackt er auf mir herum. Frag Lily. Frag irgendjemanden!«

Mum trank einen Schluck Tee und dachte einen Augenblick nach. »Mein Mathematiklehrer hat mich gehasst«, erzählte sie, »und das beruhte auf Gegenseitigkeit.« Nach einem weiteren Schluck fügte sie hinzu: »Darum habe ich peinlichst darauf geachtet, immer meine Mathe-Hausaufgaben zu machen, damit er *nicht* auf mir herumhacken konnte.«

»Ich wollte sie ja machen. Ich habe sie ehrlich vergessen«, versicherte ich. Denn das stimmte.

»Soll ich mit ihm reden?«

Ich schüttelte den Kopf. »Das würde es nur noch schlimmer machen.«

»Wahrscheinlich hast du recht. Wie willst du also sicherstellen, dass du deine Hausaufgaben nicht wieder vergisst?«

Legastheniker sind großartig darin, Strategien zu entwickeln. Ernsthaft. Das kommt vermutlich daher, dass wir uns jeden Tag mit einer Zillion Problemen herumschlagen. Im Gegensatz zu anderen Leuten lasse ich mich nicht so leicht ablenken oder beiße mich an irgendwelchen kleinen Details fest. Ich bin besser darin, große Probleme zu lösen. Und ich habe einen anderen Blickwinkel auf die Dinge. Ich bin fast immer diejenige, der neue und originelle Ideen einfallen. Einige der größten Genies aller Zeiten waren Legastheniker – Albert Einstein, Leonardo da Vinci, Steve Jobs, sogar Walt Disney.

Also dachte ich kurz nach und sagte dann: »Erstens werde ich mein Englischbuch auf mein Bett legen, damit es mich an die Hausaufgaben erinnert. Zweitens werde ich nachschauen, an welchen Tagen ich Englisch habe. Und drittens werde ich auf meinem Handy an diesen Tagen eine Erinnerung einstellen, damit ich rechtzeitig überprüfe, ob ich meine Hausaufgaben gemacht habe.«

»Klingt nach einem ausgezeichneten Plan«, fand Mum und stand vom Tisch auf. »Hättest du Lust auf ein heißes Frühstück?«. Sie öffnete den Kühlschrank. »Eier? Speck? Kartoffelpuffer? Pilze?«

»Au ja!«, rief ich, obwohl ich schon zwei Waffeln und ein ganzes Glas Schokocreme verdrückt hatte. Wir begannen, gemeinsam zu kochen. Bald schon war das Haus erfüllt vom Duft nach gebratenem Speck, der unweigerlich meine Brüder anlockte.

Einladung

»Ich bin am Verhungern!«, verkündete Matt und setzte sich mit Karacho hin.

»Nicht einfach hinsetzen. Verteil das Besteck!«

»Dan, Messer und Gabeln!«, rief Matt und rührte keinen Finger.

»Ich bin beschäftigt!«, sagte Dan und versuchte, eine Scheibe Speck aus der Pfanne zu stibitzen, als er am Herd vorbeiging.

»He!« Ich schlug seine Hand mit dem Holzlöffel weg.

Nick setzte sich vor den Laptop.

»Da arbeite ich gerade dran«, erklärte ich ihm.

»Nein, tust du nicht. Du brätst Speck«, sagte er.

»Ich bin eingeloggt!«

»Nein, bist du nicht!«, sagte er und loggte mich einfach aus.

»Aber nach dem Frühstück bin ich an der Reihe.«

»Nein, bist du nicht.«

»Muuum!«, jammerte ich.

»Nick …«, bat Mum.

»Sie war doch schon dran«, meckerte er. »Jetzt bin ich an der Reihe.«

»Und nach Nick komme dann ich«, bestimmte Dan.

Seht ihr? Also wirklich! Wie soll ich da mein Unternehmen in Gang bringen?

»Warum kann ich keinen eigenen Computer haben?«, rief ich.

»Weil ich keine Millionärin bin!«, antwortete Mum.

»Aha! Aber wenn du mir einen Laptop kaufst, dann kann ich meine Website einrichten und dann werde *ich* Millionärin«, sagte ich mit umwerfender Logik. »Dann kann ich dir alles zurückzahlen«, versprach ich.

Mum verdrehte nur die Augen.

»Netter Versuch, Josie!«, meinte Matt.

»Langt zu!« Mum knallte die Bratpfannen auf den Tisch. Alle beluden ihre Teller. Nick und Dan duellierten sich regelrecht mit ihren Gabeln um den letzten Kartoffelpuffer.

Mum ignorierte sie. »Kommt Lily heute vorbei?«, wollte sie von mir wissen.

»Nein, sie ist beschäftigt.«

»Was hat sie vor?«

»Shoppen – mit Kara.«

Mum warf mir einen Blick zu, den ich ignorierte. »Was ist mit Chloe und Elly?«, fragte sie fröhlich.

»Ich glaube, die sind auch beschäftigt«, sagte ich.

»Oh. Nun, wenn das so ist, kannst du dein Zimmer aufräumen!«

»Wow, danke, Mum. Ich werde einen Riesenspaß haben«, sagte ich so sarkastisch wie möglich.

Nach einer Weile sagte sie: »Wie wäre es, wenn du nächstes Wochenende alle einlädst? Ihr könntet im Garten zelten.«

»Lieber nur Lily«, sagte ich.

»Wieso nicht alle?«, drängte Mum. »Das ist lustiger.«

Warte mal, dachte ich. Es war offensichtlich, worauf Mum hinauswollte. Darum sagte ich: »Ich lade auf keinen Fall Kara ein.«

»Josie, das ist nicht die richtige Art, damit umzugehen«, sagte sie. »Du musst Kara einladen.«

»Aber sie ist gemein zu mir«, sagte ich. »Du erzählst uns immer, dass wir für uns selbst einstehen und uns nicht von anderen herumschubsen lassen sollen. Was ist das denn für eine Art, für mich selbst einzustehen, wenn ich ihr durchgehen lasse, dass sie mir Lily wegnimmt?«

»Du kannst Kara nicht dafür bestrafen, dass Lily lieber mit ihr als mit dir befreundet sein will«, sagte Matt.

»Das Beste, was du tun kannst, ist, dich ebenfalls mit Kara anzufreunden«, sagte Mum.

»Das ist unmöglich! Wir können uns ja nicht einmal leiden«, rief ich. »Wenn ich Kara einladen muss, dann verzichte ich lieber aufs Zelten«, erklärte ich. Und das meinte ich auch so.

»Na gut«, sagte Mum. Und sie meinte es ebenfalls so. Nach einer kleinen Pause erkundigte sich Mum: »Wie geht es deiner neuen Freundin Nadima?«

»Ganz gut, denke ich«, antwortete ich immer noch mürrisch.

»Warum bringst du sie nicht mal nach der Schule mit?«, schlug sie vor.

»Wie soll ich das denn bewerkstelligen? Sie spricht nämlich kein Englisch«, ließ ich sie wissen.

»Überhaupt keins?«

»Nun, ein ganz kleines bisschen.«

»Dann finde eine einfache Formulierung. Vielleicht versteht sie mehr, als du denkst.«

»Oder sie versteht vielleicht weniger, als *du* denkst«, erwiderte ich.

»Jetzt stell dich nicht so an. Du bist gut darin, Probleme zu lösen«, sagte Mum.

»Ich kenne sie doch noch gar nicht richtig. Es könnte ein bisschen seltsam aussehen«, fand ich. »Ein bisschen aufdringlich.«

»Oder es könnte ein bisschen freundlich aussehen«, antwortete sie. »Du weißt schon, nett, liebenswürdig oder einladend.«

Mir war klar, dass sie nicht lockerlassen würde, also sagte ich: »Na gut.«

»Jederzeit außer montags«, erklärte Dan. Montags ist er mit Kochen dran. (Hamburger.)

»Oder dienstags«, sagte Nick, denn, jep, ihr habt es erraten, das ist der Abend, an dem er kocht. (Würstchen und Kartoffelbrei.)

»Oder mittwochs«, fügte Matt hinzu. (Spaghetti Bolognese.)

»Du solltest sie besser nicht an einem Donnerstag einladen«, sagte Dan. »Jedenfalls nicht, wenn du willst, dass sie dich mag. Lebensmittelvergiftungen können sehr abschreckend sein.«

»Ha, sehr, sehr witzig«, meinte ich.

»Lade sie an einem Freitag ein«, sagte Mum. »Diesen Freitag, wenn du willst.«

»Okay«, willigte ich ein, obwohl ich mir ehrlich gesagt immer noch nicht sicher war, ob ich es für eine gute Idee hielt.

Emojis

Nach dem Frühstück trottete ich nach oben, um meine Englisch-Hausaufgaben zu machen. Bevor ich mich aber in diese *superspannende* Arbeit stürzte, versuchte ich herauszufinden, wie ich Nadima am Freitag zum Abendessen einladen konnte.

Es war eine ziemliche Herausforderung, aber da ich Legastheniker bin, mag ich Herausforderungen. Sie lassen mich zu Höchstform auflaufen. Viele großartige Promis sind übrigens Legastheniker: Keanu Reeves, Kiera Knightley, Orlando Bloom, Whoopi Goldberg, Tom Cruise, Winston Churchill. (Der ist zwar kein Promi, aber er war mal ziemlich berühmt, also zählt er trotzdem.)

Ich könnte noch viel mehr Leute auflisten. Ehrlich gesagt, befindet man sich als Legastheniker in ziemlich illustrer Gesellschaft.

Wie auch immer, zurück zum Problem, wie ich Nadima zum Abendessen einladen konnte.

Ich nahm mein Handy, tippte, löschte, fragte mich, welche englischen Wörter sie vielleicht verstand und welche Wörter ich richtig buchstabieren konnte. Am Ende schickte ich ihr Folgendes:

🍴 Freitag ❓👍👎
Josie

Dann habe ich auf Google Maps einen Link zu meiner Adresse hinzugefügt und auf Senden geklickt. Clever, oder? Ehrlich gesagt hielt ich es für einen Geniestreich.

Ein paar Minuten später antwortete sie.

👍😀❗

Nad

Da fiel es mir wie Schuppen von den Augen: *Jeder kann Emojis lesen*!

Also schickte ich ihr Folgendes:

🎶❓

Sie antwortete:

🎶👍😀

Darauf ich:

🧜‍♀️👍👎

Und sie antwortete:

🧜‍♀️💗👓📖❓

Ob ich gerne lese?! Neeeiiiin!

👓📖👎👎👎👎❗🎥👍👎❓

Josie x

🎥😀🍟👍👍👍😀

Nad

Ich lachte und antwortete:

🍟👍😀

J

🍟😀🍔👍

N

🍕👍👍

J

🍕😀🍦👍🍰👍

N

Ich grinste und schrieb:
🍫👍👍👍👍😀😀😀❗

gefolgt von:

🌽👎😝❗

Es war genial. Ich frage mich, warum wir nicht früher darauf gekommen sind, mit Emojis zu kommunizieren!

Kurdî

Am Montagmorgen betrat ich beschwingt das Klassenzimmer, denn ich freute mich darauf, Nadima wiederzusehen.

Ich erwartete, dass sie still auf ihrem Platz neben meinem sitzen würde. Doch sie war stattdessen damit beschäftigt, Liam aus dem Mülleimer zu ziehen. Aus irgendeinem seltsamen Grund, den vermutlich nur er selbst kannte, hatte Liam versucht, sich hineinzusetzen, und jetzt kam er aus eigener Kraft nicht mehr heraus. Offensichtlich waren alle anderen in der Klasse zu sehr damit beschäftigt, ihn auszulachen, anstatt ihn zu retten – besonders Ryan. Nadima war also die Einzige, die ihm zu Hilfe eilte.

»Liam! Du Volltrottel.« Ich lachte, als sie ihn an den Händen zog, und hielt derweil den Mülleimer fest.

»Danke, Nadima«, freute er sich.

»Hey!«, sagte ich.

»Danke, Josie«, fügte er hinzu.

Jungs, was?, dachte ich.

Genau in dem Moment kam Chloe hereingerauscht und begann sofort, Einladungen zu verteilen.

»Ich feiere an meinem Geburtstag eine Kinoparty«, quietschte sie.

»Uuuuh!«, rief Kara und riss ihren Umschlag auf. Lily und die anderen taten es ihr nach. Rosa Glitzer rieselte heraus und verteilte sich überall.

»Ups«, meinte Chloe kichernd. »Ich hätte euch wohl warnen sollen.«

Ehrlich gesagt müsste dieses Mädchen eine dauerhafte Glitzer-Warnung bei sich haben.

»Du Spinnerin!« Lily bürstete lachend den Glitzer von ihrem Poloshirt.

Ich öffnete meine Einladung ganz bewusst nicht, weil Nadima keine bekommen hatte und ich nicht wollte, dass sie sich ausgeschlossen fühlte. Ich konnte erkennen, dass sie versuchte, sich nichts anmerken zu lassen.

Kara las ihre Einladung und rief plötzlich: »Oh NEIN! Ich kann nicht kommen!«

»Wieso nicht?« Chloe machte ein enttäuschtes Gesicht.

»Weil ich an dem Tag bei meinem Vater bin.«

»Kann er dich nicht herfahren?«, fragte Lily. Das erschien mir eine berechtigte Frage zu sein, da Karas Vater nur ein paar Meilen entfernt wohnt.

»Ich kann ihn unmöglich darum bitten. Ich sehe ihn doch nur jedes zweite Wochenende«, jammerte Kara. Dann wandte sie sich an Chloe und sagte (unfassbar egoistisch): »Könntest du die Party nicht auf das nächste Wochenende verschieben?«

»Ähm … Ich weiß nicht«, antwortete Chloe. »Meine Mum arbeitet an den Wochenenden und musste sich an dem Tag freinehmen.«

»Oh, bitte!«, bettelte Kara. »Biiiiiitteeeee!« Und sie machte dazu diese blöde Bittgeste. »Ich will nicht die Einzige sein, die nicht kommen kann! Bitte!«

Chloe sah am Boden zerstört aus. Also wirklich, Kara erwartet, dass sich die ganze Welt um sie dreht. Sie redet ständig darüber, wie schrecklich ihr Leben ist, weil ihre Eltern geschieden sind, dass sie ihren Vater nur jedes zweite Wochenende sieht und wie sehr sie ihn vermisst. Ich habe nicht mal einen Vater. Meiner hat uns kurz nach meiner Geburt verlassen, darum erinnere ich mich überhaupt nicht mehr an ihn. Aber ich mache kein großes Getue deswegen.

Also sagte ich: »Ernsthaft, Kara?! Du kannst nicht erwarten, dass Chloes Mutter sich an einem anderen Wochenende freinimmt. Dein Vater wird sicher nichts dagegen haben, dass du für ein paar Stunden ins Kino gehst. Es ist ja nicht so, als würdest du ihn an dem Wochenende überhaupt nicht sehen. Was ist das Problem?«

Sie fuhr herum. »Ich fasse es nicht. Wie kannst du so etwas sagen? Du kannst dir nicht mal ansatzweise vorstellen, wie sehr ich meinen Vater vermisse, sonst würdest du nicht so etwas Gemeines sagen.« Sie blinzelte, bis ihr die Tränen kamen. Sie ist wirklich eine furchtbare Drama-Queen.

Lil meinte natürlich, sie müsste sie in den Arm nehmen.

Und die arme Chloe dachte, sie müsste sagen: »Natürlich frage ich Mum, ob wir den Termin ändern können. Ich will, dass alle kommen können.«

»Danke!«, sagte Kara und umarmte sie.

»Chloe? Da du möchtest, dass alle kommen können …«, sagte ich leise, »frage ich mich, ob du auch Nadima einladen könntest.«

»Es ist eine Kinoparty!«, sagte Elly. »Sie wird überhaupt nichts verstehen.«

»Na und? Ich finde nur, dass es nett wäre, sie miteinzubeziehen.«

»Du kannst nicht einfach Leute zu einer Party von jemand anderem einladen«, sagte Kara. »Das ist unhöflich.«

»Das mache ich nicht«,sagte ich unbeeindruckt. »Ich bitte Chloe, sie einzuladen.«

Chloe sah Kara an, als wäre sie sich nicht sicher, was sie tun sollte.

Aber dann meinte Lil: »Tu es ruhig, Chloe. Nadima kann der Handlung wahrscheinlich anhand der Bilder folgen.«

Wie immer, wenn ihr Name erwähnt wurde, sah Nadima auf, und alle fühlten sich sehr unwohl, sogar ich.

Chloe sagte daraufhin: »Klar! Ich schreibe noch eine Einladung und bringe sie morgen mit.«

»Schreib doch einfach auf meine dazu: ›und Nadima‹«, schlug ich vor.

»Na klar, wieso habe ich nicht daran gedacht?« Chloe lachte.

Vielleicht, weil du kein Legastheniker und darum nicht so gut wie ich darin bist, Probleme zu lösen, dachte ich. Natürlich behielt ich das für mich.

Sie nahm mir den Umschlag wieder ab, riss ihn auf (woraufhin augenblicklich rosa Glitzer umherstob), schrieb »+ Nadima«, setzte ein Herz über das »i« und reichte ihn Nadima.

Nadima sah erst die Einladung und dann mich an. Offensichtlich konnte sie ihren eigenen Namen lesen und meinen auch. Sie hätte eine Idiotin sein müssen, um nicht zu merken, dass sie zu etwas eingeladen war, sie wusste nur nicht, zu was.

Sie holte ihr Handy heraus und tippte schnell etwas hinein, dann strahlte sie und sagte: »Ah! Ist Geburtstag. Ja?«

»Ja!«, riefen wir im Chor.

»Warte mal. Gib mir dein Telefon!« Ich griff danach. Sie hatte Google Translate verwendet, also konnte ich nachsehen, welche Sprache sie sprach.

Der einzige Schwachpunkt meines Plans war, dass ich den

Namen ihrer Sprache nicht lesen konnte. Hauptsächlich deswegen, weil mir das Wort völlig neu war. Wenn ich ein Wort kenne, kann ich meist gut erraten, was es heißt, aber das hier hatte ich noch nie gesehen.

Da stand:

Kurdî

Verständnislos starrte ich aufs Display.

Dann riss mir Kara das Telefon aus der Hand.

»Hey! Ich habe mir das gerade angesehen!«

Sie ignorierte mich. »Kurdî?«, las sie.

»Kurdie? Davon habe ich ja noch nie gehört!«, sagte Chloe.

»Ich auch nicht«, sagte Elly. »Wo spricht man denn Kurdie?

»Ich habe von Kurdisch gehört, aber nicht von Kurdie«, sagte Lily. »Warte mal. Vielleicht ist ›Kurdie‹ das kurdische Wort für ›Kurdisch‹!«

»Du meinst, so wie ›Deutsch‹ das deutsche Wort für ›Deutsch‹ ist?«, fragte Chloe.

Wir lachten uns schlapp – auch Chloe, als sie merkte, was sie gesagt hatte.

»Ach, Chloe!«, meinte Lily kichernd.

Dann wandte sich Kara an Nadima und sagte tatsächlich (kein Witz): »Ist ›Kurdie‹ Kurdisch für ›Kurdisch‹?«

»Wie soll sie das denn verstehen?«, rief ich.

»Ich will ja nur helfen!«, fuhr Kara mich an.

»Was ist daran hilfreich, ihr solche blödsinnigen Fragen zu stellen?«

Wütend drehte sie sich zu mir um. »Es ist keine blödsinnige Frage! Du willst nur nicht, dass andere sich mit ihr anfreunden.«

»Das ist nicht wahr!«, keuchte ich, aber Kara stolzierte davon und die anderen folgten ihr. Sprachlos vor Wut stand ich da.

Kara ist diejenige, die es nicht mag, wenn man mit irgendjemandem außer ihr befreundet ist. Ganz besonders Lily.

So ein Theater!

Gleich in der ersten Stunde hatten wir Schauspielunterricht (schnarch, schnarch), also trotteten wir alle rüber zum Englisch-Flügel. Ich bildete mit Nadima die Nachhut, denn ich war stinksauer auf Kara. Ich weiß nicht, ob Nadima irgendetwas von dem verstanden hatte, was Kara gesagt hatte, aber sie merkte offenbar, dass Kara mich angegriffen hatte, denn sie lächelte und zuckte verständnisvoll die Achseln. Ich versuchte zurückzulächeln.

Als wir das Studio betraten, sprang Mrs P, unsere Theaterpädagogin, buchstäblich auf Nadima zu. Mrs P ist nicht besonders groß, aber sie trägt immer weite, bunte Kaftane und sieht darin aus wie ein Zirkuszelt auf Beinen – und sie redet in einer Tour.

»Du bist neu!«, frohlockte sie.

»Ihr entgeht aber auch nichts, was?«, flüsterte Lily. Ich grinste. Nadima war auch schwer zu übersehen, da sie als Einzige in unserer Klasse einen Hidschab trug.

Mrs P surrte weiter: »Hallo, hallo! Und wie schön, eine neue Schülerin zu haben«, schwärmte sie.

Nadima warf mir einen erschrockenen Blick zu, aber wenn Mrs P in voller Fahrt ist, gibt es kein Entrinnen.

»Ich weiß, dass es wahrscheinlich etwas schwierig ist, mitten im Schuljahr die Schule zu wechseln, aber eigentlich ist es perfektes Timing, weil wir heute ein wirklich aufregendes neues

Projekt beginnen und dazu Zweiergruppen bilden müssen«, fuhr Mrs P fort.

Aus dem Augenwinkel sah ich, dass Kara Lily zunickte, um ihr zu zeigen, dass sie ein Paar bilden würden. Ich ignorierte sie.

»Aber wir hatten eine ungerade Anzahl von Schülern in der Klasse, also würde jemand außen vor bleiben müssen oder wir hätten eine Dreiergruppe bilden müssen«, redete Mrs P weiter auf Nadima ein. »Aber jetzt bist du zu uns gestoßen und wir können lauter Paare bilden, nicht wahr? Nun ist es eine schöne, geordnete Angelegenheit. Ausgezeichnet! Also, herzlich willkommen, willkommen und … entschuldige, wie war noch mal dein Name?«

Nadima antwortete nicht. Ihre Augen wanderten zu mir und dann zurück zu Mrs P. Die ganze Klasse versuchte verzweifelt, nicht zu lachen.

»Hmmm?« Mrs P starrte Nadima fragend an.

Ich eilte den beiden zu Hilfe. »Sie heißt Nadima und spricht nicht viel Englisch«, sagte ich ohne viel Umschweife.

Arme Mrs P. Ihre Begrüßungsrede war reine Zeitverschwendung gewesen. Wir wussten es, sie wusste es, und – schlimmer noch – sie wusste, dass wir es wussten. Sie machte ein enttäuschtes Gesicht – und die ganze Klasse brach in Gelächter aus.

Jedenfalls entpuppte sich das »wirklich aufregende neue Projekt« als eine total langweilige Sache, mit der wir uns den gesamten Rest des Halbjahres herumschlagen würden. Aus irgendeinem Grund sollten wir uns eine Geschichte über »einen Karton« ausdenken. Ein Karton. Warum? Ehrlich jetzt, wer kommt auf diese blöden Ideen? Und dann würden wir unser Stück am Ende des Halbjahres vor der ganzen Klasse vorführen müssen. Was für ein Riesenspaß.

Ich mag keine Geschichten. Ich mag auch nichts vorführen, und ich würde den Rest des Halbjahres lieber jeden Tag frittierte Maden essen, als mich vor die 7R zu stellen und eine bescheuerte Geschichte vorzuspielen.

Wie ich schon sagte: ein Riesenspaß.

Der Rest der Klasse war bereits eifrig dabei, Paare zu bilden. Kara hatte sich Lily geschnappt, und Chloe und Elly bildeten ein Paar. Also nahm ich Nadima am Arm und zog mit ihr los, um einen Platz zu finden. Wir setzten uns im Schneidersitz auf den dreckigen Boden. Wir sollten uns heute die Grundidee unserer Story überlegen. Um uns herum debattierten alle lautstark und notierten Ideen.

Ich sah Nadima an und sie sah mich an.

Sie hatte KEINEN BLASSEN SCHIMMER, was wir eigentlich tun sollten, und ich hatte KEINEN BLASSEN SCHIMMER, wie ich es ihr erklären sollte.

Was für ein RIESENSPASS. Von wegen.

Mrs P ging herum und vergewisserte sich, dass alle wirklich an ihren Geschichten arbeiteten und nicht nur tratschten, Nachrichten schrieben und Videos ansahen. (Ja, sie hat uns voll durchschaut.)

»Wie kommt ihr voran?«, fragte sie und gesellte sich zu Nadima und mir. Sie sprang herum wie ein junger Hund in einem bunten Kleid.

»Habt ihr viele tolle Ideen für eure Geschichte?«, fuhr sie hoffnungsvoll fort.

Nadima sah sie höflich, aber verständnislos an.

Ich atmete tief durch und sagte: »Das ist ein bisschen schwierig, da Nadima, wie ich vorhin sagte, eigentlich nicht viel Englisch spricht.«

»Nun, vielleicht könnt ihr etwas pantomimisch darstellen«, schlug Mrs P vergnügt vor. »Benutzt ein bisschen Fantasie!«, trällerte sie, dann schwang sie herum wie ein Farbkreisel und unterhielt sich mit Superstar Kara und ihrer Nebendarstellerin Lily.

Kara ist übrigens meines Wissens in einer Theatergruppe, seit sie auf der Welt ist. Möglicherweise schon länger. Sie hat einen Agenten und alles und letztes Halbjahr ist sie in einem Werbespot aufgetreten. Ja – da sieht man ihre Beine, die eine preisgekrönte Leistung abliefern, indem sie in der Werbung für *Fleck-weg*-Teppichfleckenentferner eine Treppe hochlaufen. (Nächster Halt: Hollywood. Da gibt es schließlich echt große Teppiche, nicht wahr? Rote Teppiche.)

Ich wartete, bis Mrs P zu einem anderen Paar weitergegangen war, dann schlurfte ich zu Kara und Lily hinüber, um zu sehen, was »die Expertin« so trieb. Nadima folgte mir mit unseren Taschen.

»Wir brauchen einen hochdramatischen Schauplatz«, sagte Kara gerade, dann stöhnte sie melodramatisch und wedelte vor Lily mit den Händen herum. »Oh, ich habe eine Idee! Wie wäre es, wenn sie das Baby im Schnee fände?«

»Ja, das ist wirklich eine gute Idee.« Lily nickte.

»Oder in einer öffentlichen Toilette?«, mischte ich mich ein.

»Eine Toilette. Warum würde man ein Baby in einer Toilette aussetzen?«, fuhr Kara mich an.

»Damit es jemand findet«, antwortete ich mit atemberaubender Logik, wenn ich das so sagen darf. »Außerdem besteht dort nicht die Gefahr, dass es erfriert.«

»Oh, du meine Güte!«, ereiferte sich Kara. »Es soll eine dramatische Geschichte werden und nicht die Folge einer Soap Opera!«

Ich zuckte die Achseln.

»Worum geht es in eurer Geschichte?«, erkundigte sich Lily.

»Uns ist ehrlich gesagt noch keine eingefallen«, sagte ich.

»Du meinst, dir ist noch keine eingefallen«, sagte Kara. »Von Nadima kannst du das schlecht erwarten, oder?«

Bei der Erwähnung ihres Namens sah Nadima auf und warf Kara einen fragenden Blick zu. Es war ein intensiver fragender Blick, und sie behielt ihn so lange bei, dass es unangenehm wurde. Gut gemacht, Nadima!, dachte ich. Ich wusste, dass sie jemand war, der für sich selbst einstehen konnte.

Kara wurde rot. »Ich hoffe, du hast dich nicht angeschlichen, um unsere Ideen zu klauen, Josie«, sagte sie. Offenbar hielt sie Angriff für die beste Verteidigung.

Puh, dachte ich, wir müssten ziemlich verzweifelt sein, wenn uns nicht etwas Besseres einfiel, als ein Baby im Schnee zu finden.

»Danke, ich habe jede Menge Ideen. Nadima auch. Nur weil sie kein Englisch kann, heißt das nicht, dass sie dumm ist.«

»Das hat Kara auch gar nicht behauptet«, sagte Lily.

»Ja, das hast *du* gesagt, nicht ich«, sagte Kara selbstgefällig.

Lily sah jetzt verlegen drein, weil Nadima ihre Arme verschränkt hatte und sie nun beide herausfordernd ansah. In dem Moment ertönte der Pausengong. Lily sah mich entschuldigend an, folgte aber trotzdem Kara, als sie ihre Taschen holten und gingen. Nadima reichte mir meine Tasche und wir machten uns ebenfalls auf den Weg nach draußen.

Irgendwie hatte ich es geschafft, mich wieder mit Lily und Kara in die Wolle zu kriegen. Na toll! Wieso passierte das eigentlich immer wieder?

Genial!

Nach Karas riesigem Melodrama wegen Chloes Geburtstagsparty kam mir eine geniale Idee. Wenn Kara nächstes Wochenende bei ihrem Vater war, dann wäre das der ideale Zeitpunkt, um alle zu mir zum Zelten einzuladen. Dann könnte Mum mir auch nicht vorwerfen, dass ich Kara außen vor lasse. Endlich könnte ich wieder Zeit mit Lily verbringen, ohne Kara. Genial oder was?!

Ich wollte es nicht allzu offensichtlich machen, also ließ ich ein paar Tage verstreichen, dann nutzte ich einen günstigen Augenblick, als alle nach der Anwesenheitskontrolle zum Unterricht gingen (Erdkunde, falls es euch interessiert).

»Am Samstag veranstalte ich eine Übernachtung im Zelt bei uns im Garten«, sagte ich beiläufig. »Wer hat Lust dazu? Lily?«

»Au ja«, rief sie. Sie liebt Camping.

»Chloe? Elly?« Beide grinsten und nickten. Dann zögerte ich kurz, bevor ich fragte: »Kara?«

»Du weißt, dass ich nicht kommen kann«, sagte sie. »Ich bin bei meinem Vater. Erinnerst du dich?«

»Oh! Tut mir leid. Ich hab's total vergessen!«, schwindelte ich. Kara setzte ein »trauriges« Gesicht auf und Lily warf mir einen Blick zu. Damit Lily nicht dachte, dass ich Kara absichtlich ausschloss (auch wenn ich das tat), sagte ich: »Ach, dann kommst du ein anderes Mal.«

Kara war wütend. Ich fand, dass ich unheimlich clever war,

bis sie plötzlich sagte: »Was ist mit Nadima? Willst du Nadima nicht einladen?«

Alle sahen Nadima an und Nadima sah mich an.

Ich fühlte mich plötzlich schrecklich. Ich hatte nicht geplant, Nadima einzuladen, da sie am Freitag ohnehin zu mir kommen würde. Ich dachte ehrlich gesagt, dass es für sie sehr anstrengend wäre, mit einem Haufen Kids, mit denen sie kaum reden konnte, eine ganze Nacht in einem Zelt zu verbringen. Aber mir war jetzt klar, wie das auf die anderen wirken musste.

»Ich finde es ganz schön fies von dir, in ihrer Gegenwart alle anderen einzuladen und sie nicht«, sagte Kara. »Vor allem, weil du dich so dafür eingesetzt hast, dass Chloe sie zu ihrer Party einlädt.«

»Aber ich lade Nadima doch ein!«, rief ich. »Sie kommt am Freitag nach der Schule zu mir.« Und dann sah ich Lilys Gesichtsausdruck. Erst wirkte sie überrascht, dann verletzt. Was albern war. Kara hat sie bestimmt schon oft daheim besucht, ohne dass ich dabei war. Aber trotzdem hatte ich es geschafft, Lily zu verärgern und Kara einen Anlass zu geben, sich hämisch zu freuen.

Großartig, wirklich absolut großartig.

Als ich auf dem Heimweg im Bus saß, schrieb ich Lily.

Es tut mir leid, dass ich dir nichts
von Nadimas Besuch erzählt habe.

Wieso? Ich habe das nicht zu entscheiden.

Bist du sauer auf mich?

Nein

Ich war mir ziemlich sicher, dass sie log. Besonders, als sie hinzufügte:

Hast du uns absichtlich an einem Tag zum Zelten eingeladen, an dem Kara nicht kommen kann?

Nein

Das war gelogen. Und ich bezweifelte, dass sie mir glaubte. Ich schrieb:

Kommst du trotzdem?

Ja

Das hätte mich beruhigen sollen. Tat es aber nicht.

Ich wollte Nad schreiben, aber ich wusste nicht, wie ich es formulieren sollte. Ich konnte sie kaum fragen, ob sie wütend war, weil ich sie nicht zum Zelten eingeladen hatte, wobei ich nicht wusste, ob sie überhaupt wusste, dass ich die anderen dazu eingeladen hatte, nicht wahr? Selbst wenn man das alles mit Emojis sagen könnte – was natürlich nicht geht.

Ich wollte mich einfach nur mit allen gut verstehen. Warum war das so schwierig?

Pizza

Am Freitag fuhr Nadima nach der Schule mit mir im Schulbus nach Hause. Um uns herum unterhielten sich die anderen Kinder, sie lachten und alberten herum.

Jemand warf das Mäppchen eines anderen in die Luft. Nadima und ich duckten uns, als es über uns hinwegflog. Wir saßen eine Weile schweigend da, und es fing an, sich etwas unangenehm anzufühlen. Ich hatte keine Ahnung, ob Nadima vom Zelten am Samstag wusste. Sie hatte es jedenfalls nicht erwähnt, darum beschloss ich, das Thema ebenfalls nicht anzuschneiden.

Ich holte mein Handy heraus und wir schauten uns witzige Tiere beim Skateboarden, Surfen oder Autofahren an. Einige der Videos waren bestimmt Fotomontagen, zum Beispiel das Wasserski fahrende Nilpferd, aber egal. Es war urkomisch! Als der Bus hielt, lachten wir bereits Tränen.

Als wir die Haustür erreichten, kam Mum schon den Flur entlanggeeilt, um uns zu begrüßen. Sie muss extra früh von der Arbeit heimgekommen sein.

Nadima blieb an der Tür stehen und wirkte mit einem Mal etwas schüchtern. Das kannte ich gar nicht von ihr.

»Vorsicht, Mädels, wir müssen mal durch«, sagte Matt, als die Brüder sich auf dem Weg nach oben zwischen uns durchschoben, um ihre vollgepackten Taschen loszuwerden. Mit ihren langen Beinen nahmen sie die Treppe immer zwei Stufen auf einmal.

Mum hieß Nad mit einem breiten Grinsen willkommen. »Hallo! Du musst Nadima sein. Ich bin Kate, Josephines Mutter. Komm doch herein«, sagte sie.

Doch Nadima blieb in der Tür stehen. Dann holte sie tief Luft und sagte: »Hallo. Ich bin Nadima. Ich freue mich, Sie kennenzulernen. Danke, dass Sie mich in Ihr schönes Zuhause eingeladen haben. Das ist sehr freundlich von Ihnen.«

Es war echt lustig, weil es so formell klang. Sie rasselte es herunter, als hätte sie es tagelang geübt. Was sie, wenn ich es mir recht überlege, wahrscheinlich getan hatte. Ich habe Nadima noch nie zuvor so viel an einem Stück Englisch reden gehört. Es war ziemlich beeindruckend!

Mum zuckte nicht mit der Wimper. Sie sagte nur: »Herzlich willkommen«, dann nahm sie Nadima den Schulranzen ab. Ich zeigte Nadima den Weg in mein Zimmer.

Als wir oben ankamen, kicherten wir um die Wette.

Dann zeigte Nadima auf sämtliche Sachen in meinem Zimmer und fragte: »Was ist bitte?« Also quasselte ich etwa eine halbe Stunde lang wie ein lebendes Wörterbuch. »Bett, Kopfkissen, Steppdecke, Kleiderschrank, Schreibtisch, Stuhl, Poster, Bücher, Klamotten, Sportschuhe, Vorhänge« und so weiter, während sie auf die Dinge deutete und eifrig jedes Wort wiederholte. Sie ist echt der reinste Schwamm, wenn es um Wörter geht. Ich wundere mich, dass ihr Kopf nicht längst explodiert ist.

Dann beschloss sie, dass ich Kurdisch lernen sollte. Ernsthaft! »Ich unterrichte!«, sagte sie.

»Nein!«, protestierte ich.

»Ja«, beharrte sie.

»Wozu soll ich Kurdisch lernen?« Ich lachte. »Ich habe schließlich nicht vor, jemals nach …« Ich hielt inne, denn ich wusste ja nicht, wo sie herkam. »Also, in dein Land zu reisen«, beendete ich den Satz unsicher. Dann fragte ich: »Nadima, wo kommst du eigentlich her?«

Sie schüttelte den Kopf. Ich dachte, sie hätte mich vielleicht nicht verstanden. Also versuchte ich, sie langsam und auf eine andere Art danach zu fragen. »Wo war dein Zuhause?« Aber sie zuckte mit den Achseln und schüttelte wieder den Kopf. Ich gab auf.

Dann zeigte ich auf sämtliche Sachen in meinem Zimmer und fragte: »Was ist das, bitte?«, und Nadima antwortete mir auf Kurdisch. Nur lief das Spiel etwas anders ab, denn jedes Mal, wenn ich das kurdische Wort für etwas zu wiederholen versuchte, lachte Nadima sich schlapp. Tolle Freundin, also wirklich!

Mum rief hoch, das Abendessen sei fertig.

Und schon tobte in der Küche der Wahnsinn. Wie üblich stürmten die Brüder herein wie eine Herde stampfender Nashörner (aber mit viel längeren Beinen und natürlich ohne Hörner). Nick setzte sich zuerst hin und blockierte Matt den Weg.

»Rutsch rüber«, befahl Matt, schob ihn zur Seite und kletterte über ihn, um an seinen Platz zu kommen. Dan nahm zu seinem Stuhl wie immer die Abkürzung unter dem Tisch hindurch.

»Oh«, rief Nadima überrascht, als er plötzlich neben ihr zum Vorschein kam.

»Entschuldigung!«, sagte er fröhlich und knallte auf seinen Platz.

Mum ignorierte das Chaos, aber Nadima sah entsetzt aus. Ich wand mich innerlich. Bei ihr zu Hause herrschten anscheinend viel bessere Tischmanieren.

»Ich hoffe, du magst Pizza«, sagte Mum und stellte mehrere große Pizzen auf den Tisch.

»Mmmmh. Pizza, ja!« Nadima strahlte.

Wisst ihr, es ist wirklich seltsam, welche englischen Wörter Nadima kannte. Wobei »Pizza« eigentlich Italienisch ist, wenn ich so darüber nachdenke. Oder Amerikanisch? Wer weiß.

Mum war wild entschlossen, sich mit Nadima zu unterhalten.

»Nadima, das sind Dan, Nick und Matt«, sagte sie und deutete der Reihe nach auf meine Brüder.

Nadima zog eine lustige, verzweifelte Grimasse. Das überraschte mich nicht. Die Jungs sehen sich sehr ähnlich. Selbst Leute, die uns gut kennen, wie Lils Eltern, bringen sie durcheinander.

So kam mir die geniale Idee, ihre Namen auf Post-its zu schreiben und sie ihnen auf die Stirn zu kleben (etwa so wie in dem Spiel, bei dem man raten muss, welche berühmte Person man sein soll).

Natürlich fanden die Jungs es urkomisch, die Zettel untereinander zu tauschen.

Nick pappte Dan Matts Post-it auf die Stirn und Dans auf die Stirn von Matt.

»He, das ist meins«, rief Matt, zupfte Nick den Zettel von der Stirn und klebte ihn auf seine.

»Nein, das hier ist deins, Matt!«, sagte Nick und pappte Dans Zettel wieder auf Matts Stirn.

Nadima sah völlig verwirrt aus.

»Nein, das ist meins«, sagte Dan und rupfte Nicks Zettel von Matts Stirn.

Mittlerweile trugen sie alle den falschen Namen. »Ihr seid ja eine große Hilfe«, beschwerte ich mich.

Mum verdrehte die Augen. »Jungs! Gebt dem Mädchen eine Chance!«, bat sie.

Doch dann schnappte sich Dan den Post-it-Block, schrieb »Spinnerin« und klebte mir den Zettel an die Stirn.

»He!« Ich griff den Block und rächte mich mit »Blödian«, jedenfalls dachte ich, dass ich das geschrieben hätte.

»Was ist ein Böldjan?«, schnaubte Dan.

»Das ist nicht lustig, Dan.« Mum warf ihm einen warnenden Blick zu.

»Du hast recht, Mum«, stimmte Nick zu. »›Böldjan‹ ist überhaupt nicht lustig. Aber ›Superpupser‹ ist witzig.«

Dan schnaubte vor Lachen.

»Oh, wie erwachsen!«, sagte ich.

Mum sah Nadima an und rollte die Augen. »Jungs, was?«, sagte sie.

»Ja! Jungs, was?« Nadima grinste. Mum sah mich überrascht an, dann lachte sie.

»Das habe ich ihr beigebracht!«, rief ich. »Gleich am ersten Tag, als wir uns kennengelernt haben!«

»Das kann sie bestimmt gut gebrauchen«, meinte Mum lachend.

Meine Brüder protestierten mit lautstarkem Gebrüll.

Nadima saß einfach grinsend da. Sie war offensichtlich total zufrieden mit sich selbst, weil sie einen Witz gemacht hatte.

Als sich alle beruhigt hatten, wandte sich Mum an Nadima und fragte: »Wo kommst du her?«

Nadima hörte auf zu lächeln und runzelte leicht die Stirn. Sie antwortete nicht. Also nahm Nick den Laptop, der am Ende des Tisches stand, und öffnete eine Weltkarte.

Er versuchte, sich nützlich zu machen.

Nadimas Heimat

»Wir leben hier in England«, sagte er mit deutlicher Aussprache und zeigte dabei auf dem Bildschirm auf Großbritannien. »Wo … hast … du … gelebt?«, fragte er langsam und schob den Laptop näher zu ihr hin. Erwartungsvoll sahen wir alle Nadima an. Ich war mir ziemlich sicher, dass sie die Frage verstanden hatte. Sie starrte auf die Karte, blinzelte ein paar Mal und schluckte hart.

Plötzlich kam mir der Gedanke, dass sie es uns vielleicht nicht verraten wollte. Aber dann zeigte sie auf die Karte und sagte: »Syrien.«

Syrien.

Es war, als hätte jemand über jedem von uns einen Eimer mit kaltem Wasser ausgeleert. Noch nie war es an unserem Küchentisch so still gewesen. Man hätte eine Stecknadel fallen gehört.

»Syrien?«, wiederholte Mum und versuchte, gut gelaunt und interessiert zu klingen anstatt schockiert.

Doch Nadimas Gesicht war ganz verkrampft und sie schien den Tränen nahe zu sein.

Ich hatte in den Nachrichten Bilder aus Syrien gesehen. Nun, das haben wir schließlich alle. Die zerbombten Gebäude und all die Verletzten und Toten, darunter sogar kleine Kinder. Ein grausamer Anblick. Es *war* grausam. Aber bis zu diesem Zeitpunkt war mir vermutlich nicht bewusst gewesen, dass all das echten Menschen zustieß. Doch das tat es. Echten Menschen wie Nadima.

Ich wusste nicht, was ich sagen sollte. Keiner von uns wusste etwas zu sagen. Dann meinte Mum mit sanfter Stimme: »Es sieht schlimm aus dort.«

Nadima blickte auf ihren Teller.

Mum wartete, ob Nadima etwas sagen würde. Aber sie saß einfach mit niedergeschlagenen Augen da.

»Wir sind froh, dass du hier bist und in Sicherheit«, sagte Mum und brach damit das unangenehme Schweigen. Dann fügte sie hinzu: »Vielleicht möchtet ihr Mädchen allein im Zimmer von Josie essen.« Sie legte ein paar Pizzaecken auf einen Teller und gab ihn mir.

Ich nahm Nadimas Hand und zog sie sanft vom Stuhl hoch.

»Die Getränke!«, sagte Mum und reichte uns unsere Gläser. Nadima nahm sie entgegen, nickte Mum höflich zu und folgte mir nach oben.

»Ist alles in Ordnung?«, erkundigte ich mich und schloss die Tür.

Nadima antwortete nicht. Also ließ ich sie erst einmal in Ruhe.

Wir saßen auf dem Boden, lehnten uns an mein Bett und aßen Pizza.

Nach einer Weile sagte ich: »War es sehr schlimm, zu Hause? In Syrien.«

Sie nickte.

»Wie war es so?«

Sie zuckte die Achseln und schüttelte den Kopf.

Ich *glaube*, sie hat mich verstanden. Aber sie wollte nicht darüber reden.

Also sagten wir eine Weile nichts. Aber es war keine unangenehme Stille. Wir saßen nebeneinander, aßen Pizza und tranken Cola. Ich begann mich zu fragen, wie Nadima und ihre Familie eigentlich den ganzen Weg von Syrien bis hierher gekommen waren. In den Nachrichten sah man immer Bilder von Flüchtlingen auf Booten, eingepfercht in Lastwagen oder tagelang zu Fuß unterwegs.

Nach einer Weile fragte ich: »Wie seid ihr hergekommen? Nach England.« Ich war nicht zu aufdringlich. Zumindest glaube ich nicht, dass ich es war.

Aber sie schüttelte wieder den Kopf.

Also ließ ich das Thema fallen.

Vielleicht war die Reise so schlimm, dass sie nicht daran denken wollte, überlegte ich. Und dann kam mir ein ganz furchtbarer Gedanke. Was, wenn etwas Schreckliches passiert war? Ich sah sie von der Seite an. Es schien ihr gut zu gehen. Sie aß in Ruhe ihre Pizza. Aber ich hatte natürlich absolut keinen Schimmer, was in ihrem Kopf vorging.

Shoppen bis zum Umfallen

Am nächsten Morgen dachte ich immer wieder an Nadima. Es war ein ganz schöner Schock für mich gewesen, als ich erfahren hatte, wo sie herkam, und es war seltsam, es als Einzige zu wissen. Ich überlegte, ob ich mit Lily darüber reden könnte. Sie kam früh bei mir vorbei, damit wir fürs Zelten einkaufen gehen konnten, das obligatorische Mitternachtsfressgelage würde natürlich nicht fehlen. Wir wollten den größten Teil des Tages zusammen verbringen – nur wir zwei.

Lil und ich hatten schon ewig nichts mehr zusammen unternommen. Ich freute mich riesig darauf. Ich war ein bisschen besorgt, dass sie sich seltsam verhalten könnte, weil ich (versehentlich absichtlich) Kara nicht eingeladen hatte. Ich wette, Kara hatte sich in einer Tour darüber aufgeregt. Aber warum sollte ich Lil nicht ohne Kara zu etwas einladen? Lily war schon meine Freundin gewesen, lange bevor Kara sie überhaupt gekannt hatte. Und Kara und Lily unternahmen ständig etwas ohne mich. Ich bezweifelte, dass sie sich deswegen Gedanken machten.

Ich ließ nie jemanden absichtlich links liegen. Jedenfalls nicht normalerweise. Ich dachte wieder an Nadima – und fühlte mich grässlich. Ich hätte sie zum Zelten einladen sollen.

Es war gemein von mir, sie nicht einzuladen, nur damit ich mich ohne sie besser amüsieren konnte. Wirklich gemein von mir. Ich dachte daran, wie still sie geworden war, als Mum sie gefragt hatte, wo sie herkam, und wie sie nicht darüber reden wollte, wie es gewesen war. Es musste grauenvoll gewesen sein. Wirklich, wirklich grauenvoll. Ich sollte versuchen, besonders nett zu ihr zu sein, damit sie sich besser fühlte. Ich sollte sie nicht ausschließen.

Lils Mum und Dad brachten sie vorbei und tranken »schnell noch« mit Mum einen Kaffee. Ich lief in die Küche, um alle zu begrüßen. Lilys Dad umarmte mich so stürmisch wie immer. Die Mütter anderer Kinder umarmen mich andauernd – aber er ist der einzige Vater, der es tut. Ich kenne ihn ja auch schon ewig.

»Wir haben dich so lange nicht gesehen!«, rief Lils Mum. »Was hast du so getrieben?«

»Sie ist gewachsen, wie es aussieht!«, meinte ihr Dad lachend.

Ich LIEBE Lils Eltern. Sie sind total lustig und machen einfach alles zusammen. Das liegt vermutlich daran, dass sie keine anderen Kinder haben, um die sie sich kümmern müssen, also dreht sich alles um Lily.

»Ich habe gehört, dass ihr ein Mitternachtsfressgelage plant«, sagte Lilys Dad und zog eine 10-Pfund-Note aus seiner Brieftasche. »Braucht ihr Geld für Karottenstangen, Müsliriegel und Obst?«

»Nein, aber wir brauchen welches für Marshmallows, Schokolade und Chips!«, erklärte Lily und riss ihm den Schein aus der Hand.

»Danke«, kreischte ich, als wir in mein Zimmer hochrannten, um uns fürs Shoppen fertig zu machen.

Als Lily und ich uns auf den Weg in die Stadt machten, waren alle noch in der Küche und plauderten. Es war herrlich – genau wie früher.

Lil und ich standen an der Selbstbedienungskasse im Express-Supermarkt der Stadt und überprüften, ob wir alles hatten.

»Marshmallows?«, fragte Lily.

»Check!«

»Chips?«

»Check!«

»Cola-Dosen?«

»Check!«

»Popcorntüte?«

»Check!«

»Schokolade?«

»Doppelt check.« Ich lachte, denn wir hatten zwei Tafeln: Kekse und Sahne (Lilys Lieblingssorte) und Karamell (meine Lieblingssorte).

»Erledigt.«

Wir packten alles in Plastiktüten und zogen weiter, um uns in den Klamottenläden umzusehen. Zum einen, weil wir ein Geburtstagsgeschenk für Chloe besorgen mussten, zum anderen, weil wir so gerne Klamotten anschauen. Lily und ich tauschen immer wieder unsere Sachen untereinander, so ähnlich wie es Schwestern tun. Wir wissen genau, was wir beide mögen. Also fanden wir alle möglichen Sachen, die der anderen perfekt passen würden. Wir probierten bestimmt an die hundert Oberteile und Röcke an. Gekauft haben wir natürlich nichts, denn keine von uns beiden hatte Geld.

Höchste Zeit, dass ich meine Tauschwebsite erstellte. Ich hatte es satt, arm zu sein! Ich erzählte Lil davon.

»Oh mein Gott! Das ist eine brillante Idee«, sagte sie. »Ich würde die Seite nutzen. Ich habe einen Haufen Sachen, die ich verkaufen könnte. Mum bringt alles immer nur in ein soziales Warenhaus.«

Ich stöhnte. »Neeeiiiin! Lass sie nichts mehr hinbringen. Sie soll alles behalten, bis wir es verkaufen können!«

Lily lachte. Mittlerweile waren wir aber müde und verschwitzt und die Griffe der Supermarkttüten schnitten mir in die Hände.

»Lass uns etwas für Chloe kaufen und nach Hause gehen«, sagte ich.

»Was willst du ihr mitbringen?«, fragte Lily.

Chloe ist verrückt nach Katzen, darum schlug ich ein rosa T-Shirt vor, das wir gesehen hatten, mit einer Katzennase und Schnurrhaaren darauf.

»Au ja!«, sagte Lily. »Sie wird es lieben. Wo hing es?«

»Ich kann mich nicht mehr erinnern«, stöhnte ich, dann brachen wir in Gelächter aus. Sie hakte sich bei mir ein, und wir zogen los, um »Such das T-Shirt« zu spielen! Und dann klingelte ihr Handy. Es war Kara.

»Was gibt's?«, fragte Lily. Sie wandte sich von mir ab und ich hörte sie sagen: »Shoppen mit Josie.«

Man sollte meinen, Kara würde den Wink verstehen und das Gespräch beenden, nicht wahr? Aber nein, sie redete noch gut und gerne eine halbe Stunde lang mit Lily, während Lily und ich noch mal alle Läden aufsuchten, in denen wir gewesen waren. Ich wühlte mich durch die T-Shirt-Ständer, bis ich das Katzen-Shirt entdeckte. »Pfff!«, dachte ich. Von wegen, Kara verbringt jeden kostbaren Moment des Wochenendes mit ihrem Vater!

Es stellte sich heraus, dass das T-Shirt 19,99 Pfund kostete. Das konnte ich mir nicht leisten. Also stand ich da wie bestellt und nicht abgeholt und wartete darauf, dass Lily ihr Gespräch mit Kara beendete.

Schließlich deutete ich auf meine Uhr und verzog das Gesicht. Endlich kapierte Lily.

»Ich muss aufhören, Kara. Ja, ruf dich später an«, sagte sie und drückte das Auflegen-Symbol. »Kara ist ein bisschen aufgebracht«, sagte sie und schob ihr Handy in ihre Handtasche. »Sie hatte Streit mit ihrem Vater.«

Ich versuchte, mitfühlend zu sein. Nee, stimmt nicht. Ich versuchte, mitfühlend *auszusehen*. Dann bemerkte Lily, dass ich das T-Shirt gefunden hatte.

»Ja! Das ist perfekt für Chloe!«

Ich zog eine Grimasse. »Ich weiß, aber ich kann es nicht kaufen. Es ist zu teuer.«

»Wie viel zu teuer?«

»9,99 Pfund zu teuer.«

»Dann kaufen wir es einfach gemeinsam«, schlug Lily vor. »Als Geschenk von uns beiden.«

Wir haben das schon oft gemacht, also grinste ich und umarmte sie. Ich fragte mich, wie eifersüchtig Kara auf einer Skala von eins bis zehn darüber sein würde, dass Lil und ich Chloe ein gemeinsames Geschenk machten. Ich schätzte elf.

Als wir durch die Stadt zurückgingen, um den Bus nach Hause zu nehmen, erschien plötzlich einer um die Ecke – und wir waren immer noch kilometerweit von der Haltestelle entfernt!

»Lily! Der Bus!«, rief ich.

Wir wetzten die Hauptstraße entlang. Die Tüten klatschten uns gegen die Beine. Wir erreichten den Bus in letzter Sekunde und stürzten unter Gekeuche und Gelächter regelrecht hinein.

Dann klingelte Lilys Handy – schon wieder. Es war Kara – schon wieder.

»Sie ruft dich nur an, weil sie weiß, dass du mit mir zusammen bist!«, sagte ich.

»Nein, das stimmt nicht. Ich hab's dir doch gesagt. Sie ist aufgebracht. Sie hatte Streit mit ihrem Vater«, sagte sie, aber sie steckte ihr Handy zurück in ihre Tasche, ohne das Gespräch anzunehmen. Eine Weile sagte keiner von uns etwas. Schließlich meinte sie: »Weißt du, Kara ist eigentlich total nett. Du würdest sie mögen, wenn du sie richtig kennen würdest.«

Ich kenne sie und ich mag sie nicht, dachte ich. »Es ist ja nicht so, dass ich sie nicht mag«, schwindelte ich. »Das Problem ist, dass sie *mich* nicht mag. Und es gefällt ihr nicht, dass du mit mir befreundet bist.«

»Tja, und dir gefällt es nicht, dass ich mit ihr befreundet bin, oder?«

Ich zuckte die Achseln.

»Schau, es macht mir nichts aus, dass du mit Nadima befreundet bist«, sagte Lily.

»Das ist etwas anderes. Nadima hat keine anderen Freunde. Ich bin nur nett zu ihr. Ich versuche, ihr dabei zu helfen, sich einzuleben. Und nichts hält dich, mich und Nadima davon ab, alle miteinander befreundet zu sein.«

»Nichts hält dich, Kara und mich davon ab, alle miteinander befreundet zu sein«, sagte Lily. »Aber du willst ja nicht.«

»Das ist nicht fair!«

»Doch, das ist es! Du konntest sie nie leiden.«

Ich lehnte mich in meinen Sitz zurück und verschränkte die Arme.

»Ich möchte nur, dass du ihr eine Chance gibst«, bat sie mich.

»Na gut«, sagte ich.

Lily seufzte und sah aus dem Fenster. Sie wusste, dass ich es nicht ehrlich meinte. Ich versuchte, ihre Aufmerksamkeit zu gewinnen, aber sie ignorierte mich und starrte weiter aus dem Fenster.

Also lehnte ich mich vor und sagte: »Ich werde ihr eine Chance geben, Lil, Ehrenwort«, und diesmal meinte ich es aufrichtig. Ich würde versuchen, nett zu Kara zu sein – Lily zuliebe.

Sie wandte mir den Kopf zu und lächelte mich an. »Danke, Josie.« Ich glaube, es war eher ein erleichtertes als ein glückliches Lächeln. Aber immerhin stand das Thema jetzt nicht mehr so störend zwischen uns.

Zelten

Als wir nach Hause kamen, waren Nick und Dan im Garten dabei, unser altes blaues Zelt aufzubauen. Es ist riesig – mit rechts und links je einer Schlafkammer für zwei Personen und einer Art Wohnbereich in der Mitte. Lil und ich brachten unsere Schlafsäcke und Kissen in eine Kammer, stopften die ganzen Tüten mit Essen dazu und gingen dann alle Sofakissen aus dem Wohnzimmer holen, um sie in der Mitte auszubreiten. Danach befestigten wir am Zaun eine Kette mit LEDs und stellten Marmeladengläser mit Teelichtern auf den Gartentisch.

Nach Einbruch der Dunkelheit würde das eine magische Stimmung zaubern.

Matt stapelte neben dem Grill einen riesigen Berg Burger und Würstchen auf den Terrassentisch.

»Kann ich dir helfen?«, erkundigte sich Lily.

»Hau ab. Das ist Essen für Männer«, scherzte Matt und tat so, als würde er sie mit der großen Grillzange angreifen.

Lily quiekte und duckte sich weg. Sie liebt es, wenn meine Brüder sie aufziehen.

Chloe und Elly kamen gerade rechtzeitig zum Essen. Wir nahmen unsere Burger und Hot Dogs mit ins Zelt. Dann lagen wir auf den Kissen und beobachteten, wie die Dämmerung hereinbrach. Wir hatten die Teelichter angezündet und die Lichterkette eingeschaltet, aber es war immer noch zu hell, um sie sehen zu können.

Ich wartete die ganze Zeit darauf, dass Kara Lily anrief. Doch sie tat es nicht. Trotzdem konnte ich nicht aufhören, mir deswegen Sorgen zu machen. Schließlich hatte ich einen genialen Einfall und schlug vor, dass wir alle unsere Handys ausschalten und stattdessen reden sollten. Wir quatschten zuerst über alles und nichts. Nach einer Weile fingen wir an, über Nadima zu reden.

»Wie ist sie so?«, fragte Chloe.

»Sie ist nett«, sagte ich.

»Woher weißt du das?«, fragte Elly. »Ich meine, ich will nicht gemein klingen, aber sie sagt doch kaum etwas.«

»Ich habe noch fast kein Wort mit ihr gewechselt«, sagte Chloe. »Es ist nicht so, dass ich nicht will. Ich weiß nur nicht, was ich sagen soll.«

»Aber sie ist genau wie wir«, sagte ich. »Du kannst mit ihr über so ziemlich alles reden.«

»Was zum Beispiel? Ich weiß nichts über sie«, sagte Lily.

»Welche Bands mag sie?«, fragte Chloe.

»Hat sie Geschwister?«, fügte Elly hinzu.

»Was macht sie gerne?«, wollte Lily wissen.

Mir wurde wieder klar, dass ich recht wenig über Nadima wusste.

Ich wusste natürlich, wo sie herkam. Syrien. Aber irgendwie fühlte es sich nicht richtig an, es den anderen zu verraten – nicht einmal Lily. Nadima war nicht besonders erpicht darauf gewesen, es mir zu sagen, oder? Vielleicht sollte ich es ihr überlassen, den anderen über ihre Vergangenheit zu erzählen.

»Muss sie das Kopftuch die ganze Zeit tragen?«, fragte Chloe plötzlich.

»Ich weiß es nicht«, sagte ich. »Ich bin kein Experte für Kopftücher.«

»Hat sie es gestern getragen, als sie hier war?«, fragte Elly.

»Ja …«, sagte ich.

»Dann muss sie es vielleicht immer tragen.« Lily zuckte die Achseln.

»Oder vielleicht nur dann, wenn Jungs in der Nähe sind«, mutmaßte Elly.

»Glaubst du, dass sie es auf meiner Party tragen wird?«, erkundigte sich Chloe.

»Wahrscheinlich«, sagte ich. »Wieso macht ihr überhaupt so einen Aufstand wegen eines Kopftuchs?«

»Tun wir nicht! Es ist nur so, dass sie eins trägt und wir nicht«, sagte Elly.

»Ja und? Das macht sie nicht zu einem anderen Menschen«, sagte ich.

»Das haben wir gar nicht behauptet«, sagte Lily.

»Tja, vielleicht sollten wir lieber darüber nachdenken, was sie mit uns gemeinsam hat, als darüber, was sie von uns unterscheidet«, schlug ich vor. Es kam viel pampiger raus, als ich es gemeint hatte. Lily sah mich mit hochgezogenen Augenbrauen an.

Dann sagte Chloe: »Ich hoffe, dass es ihr im Kino gefallen wird.«

»Warum sollte es ihr nicht gefallen?«, fragte ich.

»Na ja, wir haben da schon eine gewisse Verantwortung, nicht wahr? Sie spricht schließlich kein Englisch«, meinte Lily.

»Genau. Und was, wenn es einen Notfall gibt?«, sagte Elly.

Ich lachte los. »Elly, wir gehen ins Kino, nicht Fallschirmspringen! Was könnte es da für einen Notfall geben? Eine riesige Popcorn-Explosion? Oder einen gewaltigen Vulkanausbruch der Slushy-Maschine?«

Wir kriegten uns schier nicht mehr ein vor Lachen. Zum einen, weil es lustig war, zum anderen aber auch, weil es die Spannung im Zelt abbaute.

Tatsache war, dass ich mir Sorgen machte. Was wäre, wenn im Kino wirklich etwas passierte? Wenn zum Beispiel ein Feuer ausbrach? Nadima würde nicht verstehen, was vor sich ging, und ich würde es ihr nicht erklären können oder ihr sagen, was sie tun sollte. Ich meine, ich weiß, dass es nicht »meine Verantwortung« ist. Aber jetzt, da ich mehr über sie wusste, hatte ich irgendwie den Wunsch, auf sie aufzupassen.

Und dann bekam ich natürlich wieder ein schlechtes Gewissen, weil ich sie nicht zum Zelten eingeladen hatte. Ich hätte trotzdem den ganzen Tag mit Lily beim Shoppen verbringen können. Nadima wäre gern hier bei uns gewesen. Ich konnte mir vorstellen, wie sie im Zelt lag, grinste und zu verstehen versuchte, was wir bequatschten. Dann würde sie versuchen, sich an der Unterhaltung zu beteiligen, und wir würden alle gemeinsam mit ihr lachen, wenn sie etwas Falsches sagte. Aber stattdessen hatte ich sie ausgegrenzt und nun saß sie wahrscheinlich allein zu Hause und blies Trübsal.

Ich entpuppte mich als eine ziemlich miese Freundin.

Eine Überdosis Mathe

Als ich am Montag ins Klassenzimmer kam, begrüßte mich Nadima mit ihrem üblichen breiten Grinsen. Ich befürchtete, sie könnte von den anderen über das Zelten erfahren haben und deswegen aufgebracht sein.

Aber sie sagte nur: »Guten Morgen, Josie. Danke, dass du mich am Freitag zu dir nach Hause eingeladen hast. Es hat mir sehr gut gefallen.«

Das war eine ihrer lustigen kleinen Reden, die sie sich selbst beibrachte. Also grinste ich sie an und antwortete förmlich: »Es war mir ein Vergnügen, Nadima. Danke für deinen Besuch.« Dann drückte ich mir die Daumen und hoffte, dass niemand das Zelten erwähnte, besonders Kara nicht. Ich ging davon aus, dass sie sich keine Chance entgehen lassen würde, uns aufzumischen. Aber ich hätte mir keine Sorgen zu machen brauchen. Sie war viel zu sehr damit beschäftigt, allen von ihrem *schrecklichen* Wochenende zu erzählen. Sie lieferte uns einen detaillierten Bericht über ihren Streit mit ihrem Vater, saß dabei auf dem Tisch und warf dramatisch ihre Haare zurück, während die anderen sich um sie scharten.

»Es war grauenhaft!«, stöhnte sie. »Wir wollten einen Film anschauen und haben die Online-Mediathek durchsucht. Ich habe einen gefunden, doch der war ab 15, darum meinte er, ich sei dafür nicht alt genug. Aber ich habe ihm gesagt, dass ich den schon mal angeschaut hatte – und da ging er durch die Decke. Er wollte wissen, wer mir erlaubt hatte, ihn anzusehen. Ich sagte, das sei Mum gewesen, und er wollte wissen, ob sie ihn mit mir gemeinsam gesehen hatte. Also musste ich natürlich Nein sagen, weil ich wegen der Kleinen lieber in meinem Zimmer als im Wohnzimmer Filme anschaue. Da verlor er die Beherrschung und sagte, dass Mum ihre Stiefkinder lieber hätte als mich, rief sie an und brüllte ins Telefon.«

Kara streckte die Arme aus und bedeutete Lily, dass sie eine Umarmung brauchte.

»Oh, Kara, das klingt fürchterlich«, sagte Lily und legte den Arm um sie.

Chloe und Elly setzten mitfühlende Gesichter auf.

»Ich hasse mein Leben«, jammerte Kara melodramatisch.

Ich war sprachlos. Verglichen mit dem, was Nadima in Syrien durchgemacht haben muss, sind Karas Melodramen doch absolut lächerlich. Völlig bedeutungslos! Und Nadima läuft nicht herum und jammert allen vor, wie beschissen ihr Leben ist. Aber ich hatte Lily versprochen, nett zu sein, also verdrehte ich nicht mal die Augen. Ich versuchte einfach, verständnisvoll dreinzuschauen. Das war eine geradezu übermenschliche Anstrengung.

Jedenfalls kam Mrs W gerade, als Kara ihre herzzerreißende Geschichte beendet hatte – und verdarb uns sofort den Tag, indem sie verkündete: »So, liebe 7R, wie ihr sicher noch wisst, findet heute der Mathematik-Wettbewerb der siebten Klassenstufe statt, auf den ihr euch bestimmt schon freut wie verrückt.«

Alle stöhnten, denn natürlich hatte niemand mehr daran gedacht. Aber warum nur? Es würde sicherlich der Höhepunkt des Halbjahres werden – eine Kombination aus *X-Faktor* und *Das große Backen*, nur mit mehr Mathe, null Spannung und ohne Kuchen.

»Wenn der Gong ertönt, geht ihr alle in die Aula. Denkt daran, eure Stiftemäppchen und Taschenrechner mitzunehmen«, sagte sie.

Ein Meer von Händen schoss hoch. »Miss! Ich habe meinen Taschenrechner nicht dabei!«, rief in etwa jeder Zweite.

»So ein Pech!« Mrs W lachte. »In diesem Fall müsst ihr stattdessen euer Gehirn benutzen.«

Noch mehr Gestöhne.

Oh, wie toll – eine Überdosis Mathe.

Im Ernst, es sollte ein Gesetz geben, das so etwas verbietet.

Der ganze siebte Jahrgang schlich so langsam wie überhaupt menschenmöglich zur Aula. Ich habe schon schnellere Schnecken gesehen. Wir mussten uns in Vierergruppen zusammensetzen. Natürlich haben sich Kara und Lily sofort mit Elly und Chloe zusammengetan und Nadima und mich ausgeschlossen. Also haben wir uns mit Ryan und Liam zusammengesetzt. Ich bin eigentlich ziemlich gut in Mathe. Was praktisch ist, da ich schließlich eine wahnsinnig erfolgreiche, millionenschwere Geschäftsfrau sein werde, die ständig mit großen Geldbeträgen umgehen muss.

Ryan und Liam machen keinen Hehl daraus, dass sie das krasse Gegenteil von Mathegenies sind. Klassenclowns, ja. Mathematik-Asse, nein.

Also seufzte ich, zog das Arbeitsblatt zu mir heran und begann, die Fragen durchzuarbeiten. Sie waren nicht besonders schwer. Nadima beobachtete mich, zeigte plötzlich auf eine Zahl und sagte: »Nein, Josie, hier ist 21. Ist nicht 18.«

Dann nahm sie mir den Stift ab und rechnete nach. Stell dir vor, sie hatte recht!

Es stellte sich heraus, dass Nad super rechnen kann. Als die Arbeitsblätter ausgewertet wurden, bekamen wir die volle Punktzahl.

Ich wiederhole: Wir bekamen die volle Punktzahl!

Damit hatten wir einen Schulrekord aufgestellt. Ich will nicht prahlen, ich erwähne es nur (ja, okay, ich will doch prahlen). Als wir auf die Bühne gingen, um unsere Medaillen in Empfang zu nehmen, versuchte ich, Kara keinen triumphierenden Blick zuzuwerfen. Ich habe mir wirklich Mühe gegeben. Nur keine allzu große. Nadima war völlig aus dem Häuschen. Sie sagte immer wieder: »Ich glücklich, Mum glücklich, Dad glücklich!« Und sie hörte den ganzen Tag nicht mehr auf zu grinsen.

Ich war auch super drauf. Ich konnte nicht erwarten, es Mum zu berichten. Und ich war glücklich, dazu beigetragen zu haben, dass Nadima zur Abwechslung etwas Schönes erlebte.

Meine Brüder hänselten mich ohne Ende wegen der Medaille. Als Mum nach Hause kam, nahm Matt sie auf die Seite und sagte mit völlig ernstem Gesicht: »Du solltest dich vielleicht mal mit Josie unterhalten. Ich glaube, sie hat jemandem die Medaille gestohlen.«

»Von wegen«, meinte ich lachend. »Ich habe sie im Mathe-Wettbewerb gewonnen.«

Daraufhin brachen Dan und Nick in hysterisches Gelächter aus.

Ganz ehrlich, wie sind die denn drauf? Es ist ein Wunder, dass ich überhaupt noch einen Rest Selbstvertrauen besitze.

»Lasst das, Jungs!«, sagte Mum und umarmte mich. »Gut

gemacht, Schätzchen«, sagte sie und fügte hinzu: »Wie ist es, Jungs – hat irgendjemand in diesem Haus jemals zuvor eine Mathematik-Medaille gewonnen?« Sie wusste genau, dass ich die Erste war. Und ich will wirklich nicht prahlen, ich erwähne es nur.

Dann hängte sie meine Medaille über die Ecke des Flurspiegels neben die ganzen Sportmedaillen meiner Brüder. Es sah suuuuuuuper aus!

Nach unserem genialen Erfolg beim Mathe-Wettbewerb schienen Nadimas Eltern beschlossen zu haben, dass ich auf sie einen guten Einfluss hatte oder so. Denn später am Abend schrieb sie mir:

🍴❓👍👎❓

Freitag

Mein Haus

Ich antwortete:

🍴🏅😉

Nadimas Familie

Als ich mit Nad durch den Vorgarten zu ihrer Wohnungstür ging, war ich plötzlich nervös. Eigentlich war das albern. Ich habe normalerweise überhaupt keine Scheu davor, neue Menschen kennenzulernen. Aber ich hatte keine Ahnung, wie gut ihre Familie Englisch sprach. Und ich sprach überhaupt kein Kurdisch. Was, wenn wir den ganzen Abend nur dasitzen und uns gegenseitig anstarren würden? Das wäre grässlich peinlich.

Die Tür wurde geöffnet und eine Frau erschien und strahlte mich an. »Hal-lo, hal-lo! Willkommen in meinem Haus!«, rief sie mit sehr starkem Akzent. Sie war (offensichtlich) Nadimas Mutter. Neben ihr stand ein kleines Mädchen und lächelte mich schüchtern an. Und dann schaute ein ganz kleiner Junge hinter den Beinen seiner Mutter hervor und starrte mich ängstlich an. Er hatte riesige dunkelbraune Augen – wie geschmolzene Bitterschokolade – und die längsten Wimpern, die ich je gesehen habe. Er war unglaublich süß! Wieso musste ich drei riesengroße ältere Brüder bekommen, wenn die kleinen so viel niedlicher sind? Das ist nicht fair!

»Das ist meine Mutter«, sagte Nadima. »Das ist meine Schwester. Sie heißt Rasha. Und das ist mein Bruder. Er heißt Sami.« Es klang so, als würde sie die Sätze herunterbeten, die man in der sechsten Klasse im Französischunterricht lernt.

Ich lächelte alle an, aber Sami duckte sich hinter seine Mutter, die lachte und ihm die Haare zerzauste. Dann griff Nadima nach meiner Hand und zog mich ins Haus.

Ich weiß nicht, was ich erwartet hatte. Kissen auf dem Boden, niedrige Tische, persische Teppiche und viele dieser gemusterten Metalllampen, nehme ich an. (Ich habe offensichtlich zu viele Disney-Zeichentrickfilme gesehen.) Ich hatte nicht erwartet, dass es wie ein gewöhnliches Haus aussehen würde, mit einem Esstisch und Stühlen, ein paar Sofas und einem Fernseher. Aber genau so war es.

Wir folgten Nadimas Mutter in die Küche. Auf dem Kochfeld dampfte es aus einem Topf. »Ist Lokum. Ich mache für dich!«, sagte sie und schenkte mir ein warmes Lächeln.

Nadimas Mutter machte tatsächlich Lokum. Das war ja großartig!

»Danke! Ich liebe Ihr Lokum«, sagte ich, und Nadimas Gesicht leuchtete auf, als sie mich angrinste.

Ich sah mich in der Küche um. Überall hingen Klebezettel, auf denen die Sachen in Englisch beschriftet waren. Kühlschrank … Herd … Wasserkocher … Spüle … Wasserhahn … Schrank … Schublade. Sogar an der Decke klebte einer.

Nadimas Mutter folgte meinem Blick. »Nadima machen«, sagte sie stolz. »Wir lernen *alle* Englisch.«

Dann wandte sie sich wieder dem Topf zu, nahm ein Päckchen Zucker und schüttete den Inhalt hinein.

»Was heißt das?«, fragte Nadima. Ich dachte, sie meinte mich, so wie sonst, aber es war Rasha, die antwortete.

»Zucker!«, sagte sie.

»Ja! Gut, Rasha!«, lobte Nadima.

»Zucker!«, wiederholte Nadimas Mutter, und dann sagte sie zu Sami etwas auf Kurdisch und alle sahen ihn an.

Nadima kniete sich neben ihn. »Sami, sag ›Zucker‹«, forderte sie ihn sanft auf. Er zog einen dicken Schmollmund und sagte: »Tsu-ga.«

Oh mein Gott! Das war ja umwerfend süß.

»Kluger Junge, Sami!«, sagte ich lachend.

Nadimas Mutter lächelte liebevoll und kochte weiter das Lokum. Sie nahm ein Päckchen, holte etwas heraus, das ein wenig wie Nudelplatten für Lasagne aussah, und schob sie in die Pfanne, wo sie sofort schmolzen.

»Was ist das?«, fragte ich Nadima. Achselzuckend reichte sie mir das Päckchen.

Es war auf Englisch beschriftet, aber ich konnte es nicht richtig lesen, weil die Schrift verschnörkelt war und ich mich mit solchen Buchstaben echt schwertue.

»Wie heißt es?«, fragte Nadima mich.

Alle sahen mich erwartungsvoll an.

»Ähm …« Ich zögerte. Nie und nimmer würde ich zugeben, dass ich das Etikett nicht lesen konnte, also sagte ich total schlau (wenn ich mich selbst loben darf): »Päckchen.« Denn das Päckchen war leer, also hielt ich im Grunde nur ein Päckchen in der Hand, nicht den Inhalt.

»Päck-chen«, wiederholte die Mutter mit fragendem Blick.

Nadima sah mich seltsam an. Da wusste ich mit einem Mal ganz sicher, dass sie mein Problem durchschaut hatte und wusste, dass ich das Etikett nicht lesen konnte. Sie nahm mir das Päckchen aus der Hand und hielt es vor ihrer Mutter in die Höhe. »Päckchen«, sagte sie, dann deutete sie auf andere Pappschachteln auf dem Tisch und sagte: »Päckchen … Päckchen. Stimmt, Josie? Ja?«

Ich hätte sie am liebsten umarmt, aber ich sagte nur: »Ja.«

Dann begann ich auf alles zu deuten, was auf dem Tisch stand, und sagte dabei: »Päckchen, Päckchen, Flasche, Tasche …«, je nachdem, um was für eine Verpackung es sich handelte.

»Ah!«, sagte ihre Mutter. »Danke!«

Nadima nahm mich mit nach oben in ihr Zimmer, das sie mit Rasha teilte. Wir kletterten auf das obere Stockbett. Auch Rasha kletterte hinauf und dann wollte auch Sami uns Gesellschaft leisten. Also hoben wir ihn an seiner Latzhose hoch. Er umklammerte ein Bilderbuch, das er mir hinhielt. Danach machte er es sich vertrauensvoll auf meinem Schoß gemütlich und wartete darauf, dass ich ihm vorlas.

Ich hasse es, laut zu lesen. Es war nur ein Bilderbuch – und es ist ja nicht so, als könne ich nicht lesen. Aber es fühlt sich immer wie eine Prüfung an. Dann gerate ich in Panik und bringe die Wörter durcheinander. Ich öffnete das Buch, aber ich spürte, wie mein Gesicht zu glühen begann. Nadima lehnte sich zu mir herüber und nahm mir das Buch aus der Hand.

»Ist okay, Josie. Ich lese«, sagte sie.

Ich grinste sie dankbar an. Ich weiß nicht, wie, aber Nadima verstand einfach, was los war. Ich musste nicht einmal versuchen, es ihr zu erklären.

Was auch gut war, wenn man bedenkt, dass ich es ihr wahrscheinlich gar nicht erklären könnte.

Spas Dikum

Ein überaus köstlicher Geruch waberte in NadimasZimmer – irgendwie würzig und süß. Als uns ihre Mutter zum Essen rief, war Nadimas Vater nach Hause gekommen und saß bereits am Tisch. Er trug eine alte Jeans und ein schäbiges Sweatshirt. Er war nicht alt, aber was mir an ihm am meisten auffiel, waren die grauen, fast weißen Haare in seinem dunklen Bart und die Falten um seine Augen. Er wirkte freundlich, aber es macht mich immer etwas nervös, wenn ich andere Väter kennenlerne. Das liegt wahrscheinlich daran, dass ich keinen habe.

»Hal-lo. Ich Nadima Vater«, sagte er langsam und mit sehr starkem Akzent.

»Ich bin Josie, hallo«, sagte ich, genauso langsam.

Er nickte und lächelte mich an. Ich war mir nicht sicher, ob ich noch etwas anderes sagen sollte. Ich wusste ja nicht, wie gut er Englisch sprach, und ich wollte ihn nicht in Verlegenheit bringen. Also saßen wir einfach da.

Eine Weile herrschte ein unangenehmes Schweigen, doch glücklicherweise kam Nadimas Mutter bald darauf herein und brachte in einem großen runden Topf das Essen. Es war eine Art würziger Lammeintopf auf einem Bett aus gelbem Reis, mit gerösteten Mandeln garniert und mit Zitronenscheiben umlegt. Es sah toll aus und roch noch besser. Nadimas Mutter hatte sich offensichtlich sehr viel Mühe gegeben, um mir etwas ganz Besonderes zu servieren.

»Was ist das?«, fragte ich Nadima.

»Ist *Mansaf*«, antwortete sie. »Ist Lamm.«

»Ich liebe Lamm!«, freute ich mich.

Ihre Mutter häufte mir etwas auf einen Teller und ich probierte. »Ist gut? Ja?«, erkundigte sie sich besorgt.

»Oh ja, es ist köstlich«, murmelte ich mit vollem Mund. Sie strahlte mich an.

Dann begannen Rasha und Sami, sich auf Kurdisch zu unterhalten, und kurz darauf machte der Rest der Familie mit. Obwohl ich kein Wort verstand, fühlte es sich viel besser an, als wenn wir alle schweigend herumgesessen hätten.

Also aß ich weiter und lächelte. Ich lächelte so sehr, dass ich dachte, mein Gesicht würde einfrieren. Nadima übersetzte, so viel sie konnte – was nicht viel war.

Dann versuchte sie, mir beizubringen, »*spasdikum*« zu sagen, was »Danke« auf Kurdisch bedeutet.

Ich versuchte es und ihre Eltern lächelten mich an. Nadima und Rasha hingegen lachten Tränen. Pfff!

Nach dem Essen setzten wir uns ins Wohnzimmer, und ihre Eltern versuchten, sich mit mir zu unterhalten. Ich glaube, sie hatten dafür extra ein paar Sätze gelernt. Das war wirklich sehr nett von ihnen.

»In Syrien wir haben Süßwarenladen«, berichtete ihr Vater stolz.

»Ich machen viele Süßigkeiten«, sagte ihre Mutter. »Ich dir zeige.« Sie klappte ihren Laptop auf und zeigte mir ein paar Fotos von syrischen Süßigkeiten, die sie auf einem Markt verkaufte.

Oh mein Gott, sie sahen köstlich aus. Wie diese süßen, klebrigen Backwaren, die man in griechischen Restaurants bekommt und die zu Pyramiden aufgetürmt sind. Nadimas

Mutter zeigte auf die einzelnen Sachen und ratterte deren Bezeichnungen herunter. Ich kam so schnell gar nicht mit.

Dann zeigte Nadima auf etwas. »Ich mag am liebsten. Ist Baklava.«

»Baklava! Das kenne ich«, sagte ich.

»Ah!«, riefen sie im Chor und klatschten.

Mir hat noch nie jemand dafür applaudiert, dass ich Süßigkeiten schon einmal gegessen habe! Es war total verrückt. Verrückt, aber wunderbar.

Dann versuchte Nadima, Sami beizubringen, meinen Namen zu sagen, aber er war zu schüchtern.

Als Matt mich abholen kam, reichte Nadimas Mutter mir einen Plastikbehälter mit selbst gemachtem Lokum. Es war noch ein bisschen klebrig und sie sagte etwas zu Nadima.

Nadima nahm ihr Handy raus, tippte ein paar Sekunden darauf herum und zeigte mir dann den Bildschirm.

Iss es morgen.

»Okay.« Ich nickte. Dann fügte ich hinzu: »*Spasdikum!*« Ich wünschte, ich hätte auch daran gedacht zu lernen, wie man sich auf Kurdisch verabschiedet.

Als wir die Straße entlangfuhren, schaute ich mir die anderen Häuser an, und ich erinnere mich daran, dass ich dachte, wie seltsam es war. Sie lebten in einem gewöhnlichen Haus in einer gewöhnlichen Straße – wie alle anderen auch. Aber sie waren nicht wie alle anderen, oder? Ihre Geschichte war alles andere als gewöhnlich, würde ich sagen. Und niemand wusste etwas davon.

Türkische Köstlichkeit

Kaum waren wir zu Hause, stürzten sich meine Brüder auf das Lokum wie Bienen auf einen Honigtopf.

»Es muss erst fest werden«, rief ich und schubste sie weg. Dann stellte ich den Behälter in der Küche zur Seite. »Wir können es morgen essen.«

Ich erzählte ihnen, dass Nadimas Familie ihr eigenes Süßwarengeschäft besessen hatte.

»Ihr eigenes Süßwarengeschäft! Genau solche Eltern wünsche ich mir«, sagte Nick.

»Ja«, stimmte Dan zu. »Wieso haben wir nur eine schäbige Immobilienmaklerin zur Mutter, während die ihren eigenen Süßwarenladen besitzen?«, frotzelte er.

»Pech!«, grinste Mum.

»Tja, nun besitzen sie ihn ja nicht mehr«, sagte ich leise.

Mum seufzte. »Ich kann mir nicht mal ansatzweise vorstellen, wie schwer es sein muss, sein Zuhause und alle Menschen, die man liebt, zu verlassen«, sagte sie. »Und sich dann auf den Weg in ein fremdes Land zu machen, ohne sich sicher zu sein, ob man willkommen ist. Ich schäme mich dafür, dass wir so wenige Flüchtlinge aufgenommen haben.«

»Ich finde, jeder sollte das Recht haben, dort zu leben, wo er will«, sagte ich.

»So einfach ist das nicht«, sagte Matt. »Es gibt Millionen von Flüchtlingen.«

»Wir können nicht alle aufnehmen«, meinte Dan.

»Kein Land könnte sie alle aufnehmen«, ergänzte Matt.

»Aber sie wollen ja nicht alle nach Großbritannien kommen, oder?«, argumentierte ich.

»Viele von ihnen schon«, sagte Mum. »Und der Fairness halber muss man sagen, dass wir nicht genug Wohnungen für alle haben.«

»Dann sollten wir welche bauen«, sagte ich.

»Aber es dauert ewig, Häuser zu bauen. Wo würden sie in der Zwischenzeit wohnen?«, fragte Dan.

»In Zelten«, schlug Nick vor.

»Und wenn es schneit?«, rief ich. »Dann würden sie erfrieren.«

»Würdest du also einem Flüchtling dein Schlafzimmer zur Verfügung stellen?«, fragte mich Dan.

»Nein, ich würde ihm deines zur Verfügung stellen«, ließ ich ihn wissen.

Er schlug mit einem Kissen nach mir.

Am nächsten Tag war Samstag, also war ich wie immer frühmorgens hinuntergegangen, um am Computer arbeiten zu können. Während er hochfuhr, prüfte ich, ob das Lokum schon fest geworden war. Das war es, also schnitt ich es mit einem scharfen Messer in Stücke, die ich auf einen Teller kippte. Natürlich musste ich sofort ein Stück probieren. Oh mein Gott, war das lecker! Ich weiß nicht, wie ich es schaffte, nicht gleich alles zu verputzen. Das heißt, doch, ich weiß, wie ich es schaffte – ich musste nur daran denken, was meine Brüder mir antun würden, wenn ich ihnen nichts übrig ließ.

Es war kein Wunder, dass wir noch vor dem Frühstück alle

Stücke aufgefuttert hatten. Über das letzte Stück gerieten wir uns so sehr in die Haare, dass Mum eine Auktion veranstaltete. Matt gewann sie mit einem Gebot von 50 Pence. Mum gab das Geld in den Topf für besondere Ausgaben, der im Küchenschrank steht.

Und das brachte mich auf eine geniale neue Geschäftsidee.

50 Pence für ein Stückchen Lokum? Ernsthaft?! Wie wäre es, wenn Nadimas Mutter Unmengen davon herstellte und wir es an der Schule verkaufen würden?

Wir könnten ein Vermögen verdienen!

Ich habe echten Unternehmergeist, was?

Ich fragte mich, ob Nadima dabei mitmachen würde. Aber dann dachte ich, dass es toll wäre, denn sie würde dadurch einen Teil ihres alten Lebens zurückbekommen. Und es würde ihr die Gelegenheit geben, allen zu zeigen, was ihre Familie in Syrien gemacht hatte.

Ich konnte es nicht erwarten, Nadima von meinem fabelhaften Plan zu erzählen. Ich wollte ihr eine Nachricht schreiben, aber dann wurde mir klar, dass es für mich fast genauso schwierig sein würde, den Text zu schreiben, wie für sie, ihn zu lesen. Und mit »schwierig« meine ich »unmöglich«. Ich würde mich gedulden müssen, bis ich ihr nächste Woche in der Schule alles erklären konnte.

Im Kino

Am Sonntagnachmittag trafen wir uns alle zu Chloes Geburtstagsparty im Kino. Als Matt mich dort ablieferte, waren die anderen schon da und nahmen ihre Eintrittskarten in Empfang. Nadima war noch nicht aufgetaucht, aber es blieb eine Menge Zeit, bis der Film anfing, darum war ich nicht beunruhigt.

Ich überreichte Chloe ihr Geschenk. »Es ist von mir und Lily«, sagte ich. »Wir haben es zusammen ausgesucht.«

Chloe riss das Geschenkpapier auf, holte das T-Shirt heraus und hielt es in die Höhe. »Ich liebe es«, rief sie. »Danke!« Lily und ich grinsten uns an.

Ich schaute zu Kara hinüber, um ihre Reaktion mitzukriegen. Ich dachte, sie würde eifersüchtig sein, aber sie war zu sehr damit beschäftigt, sich aufzuspielen.

»Oooooh!« Sie entriss Chloe das T-Shirt und hielt es sich vor den Oberkörper. »So eins will ich auch.«

Immer noch keine Spur von Nadima. Ich fing an, mir Sorgen zu machen.

»Ob sie wohl kommen wird«, meinte Elly.

»Vielleicht ist sie etwas schüchtern«, überlegte Lily.

»Was, wenn sie nicht weiß, wo das Kino ist?«, fragte Chloe.

»Dann wird sie auf ihrem Handy nachsehen, so wie wir es auch tun würden!« Ich lachte, aber eigentlich war ich inzwischen ernsthaft besorgt. Was, wenn sie sich verlaufen hatte? Ich hätte ihr anbieten sollen, mit mir mitzufahren.

»Ich rufe sie an«, sagte ich. Aber gerade als ich mein Handy aus der Tasche wühlen wollte, kam Nadima durch die Tür gerauscht.

»Es tut mir leid. Es tut mir leid!«, keuchte sie. »Ich steige aus Bus. Ist falscher Halt! Ich laufe!«

»Ist schon gut!«, sagte ich. »Macht doch nichts.«

Ich kann nicht beschreiben, wie erleichtert ich war.

Nadima reichte Chloe eine kleine bunte Papiertüte. »Herzlichen Glückwunsch«, sagte sie.

»Danke!«, sagte Chloe und öffnete die Tüte. Sie nahm eine leuchtend gelbe Badekugel heraus und las das Etikett. »Zitronen-Brause-Sprudel-Kugel«, las sie vor.

Nad sah verwirrt aus. »Nein! Ist nicht Brause. Ist für Baden«, sagte sie und alle fingen an zu lachen.

»Es nennt sich Brausebad, wenn es sprudelt«, erklärte ich ihr.

»Ahhh!« Sie nickte, rollte über ihren Fehler übertrieben die Augen und wiederholte: »Brausebad.«

»Kommt jetzt«, drängelte Kara. »Ich muss mein Make-up überprüfen.« Sie machte sich auf den Weg zu den Toiletten. Also dackelten wir ihr alle hinterher, und auch die anderen fingen an, ihr Make-up aufzufrischen. Es war einfach nur lächerlich! Wir würden in einem dunklen Kinosaal sitzen – wer sollte sie dort sehen? Nadima und ich standen daneben und sahen zu. Ich bin mir sicher, dass sie das Gleiche dachte wie ich.

Lily hielt Nadima ihre Schminktasche hin. »Möchtest du dir meine Wimperntusche oder meinen Lippenstift ausleihen?«, fragte sie langsam.

Nadima schüttelte den Kopf.

»Vielleicht darf sie sich nicht schminken«, sagte Elly.

»Nadima und ich brauchen kein Make-up«, erklärte ich ernst. »Wir sind auch so schon atemberaubend genug.« Ich fing an, vor dem Ganzkörper-Wandspiegel zu posieren. Nadima tat es mir nach und wir stolzierten und zogen Schmollmienen wie Supermodels. »Jemand sollte die *Vogue* anrufen!«, sagte ich, woraufhin alle lachten.

»Musst du das tragen?«, fragte Kara und deutete auf Nadimas Kopftuch. »Du kannst es ausziehen, wenn du willst. Wir verraten nichts«, fügte sie hinzu und mimte, wie sie ein Kopftuch auszog.

Ich war ein wenig beunruhigt, weil ich nicht wollte, dass Nadima Schwierigkeiten bekam oder sich unbehaglich fühlte. Aber sie grinste Kara an und schüttelte den Kopf. »Ich mag«, sagte sie.

Kara zuckte die Achseln und kleisterte ihre Wimpern weiter mit Mascara zu. Ich begriff allmählich, wie stark Nad war. Viel zu stark, um sich von Kara herumschubsen zu lassen, das stand fest. *Endlich* waren alle fertig, also holten wir uns Popcorn und gingen in den Kinosaal.

Ich habe nicht die geringste Ahnung, wie viel Nadima von dem Film verstand. Aber es sah aus, als würde sie sich amüsieren. Sie lachte ein paar Mal laut, und sie verstand auf jeden Fall den Teil der Handlung, als der miese, verlogene Junge seine Freundin betrog und sich mit einem anderen Mädchen verabredete. Aber das mag natürlich daran gelegen haben, dass alle Mädchen im Publikum ihn ausgebuht und ausgepfiffen haben! (Lach!)

Als wir wieder im Foyer waren, klopfte sie Chloe auf den Arm, atmete tief durch und sagte: »Danke für die Einladung zu deiner Geburtstagsparty. Das war sehr lieb von dir. Du bist sehr nett. Ich hoffe, du hast einen schönen Geburtstag.«

Ich konnte sehen, dass Chloe sehr beeindruckt war und sich über Nadimas kleine Ansprache freute. Aber Nadima war noch nicht fertig.

»Jetzt singe ich ›Happy Birthday to You‹«, kündigte sie an.

Wir waren platt!

»Ernsthaft?«, rief ich.

Sie nickte und grinste. »Ist von YouTube.«

Dann begann sie, ganz allein zu singen (was eine Menge Mut erfordert, wenn ich es recht bedenke), also stimmten wir alle mit ein. Die anderen Kinobesucher starrten uns an, aber es war uns egal. Und ich sage euch, WIR WAREN GROSSARTIG! Besonders, als Kara die zweite Stimme zu singen anfing. Wir klangen wie eine richtige Band.

Es war typisch für Kara, sich so aufzuspielen, aber Lily zuliebe sagte ich: »Du hast eine tolle Stimme, Kara!«

»Danke«, sagte sie, dann nahm sie Lily am Arm. »Hey, wir könnten eine Mädchenband gründen.« Sie hakte mich und Lily unter, also hakte ich Nadima unter und Elly und Chloe hakten sich ganz außen bei ihr ein. Und so stolzierten wir aus dem Kino, als würden wir ein Musikvideo drehen. Alle starrten uns an. Klasse!

Es war ein fantastischer Nachmittag und alle hatten eine Menge Spaß. Warum konnte es nicht immer so sein?

Lokum

Am Montagmorgen waren wir vor Unterrichtsbeginn alle supergut drauf. Liam hatte sich von Lily eins ihrer Haargummis geliehen und verpasste Ryan mit großer Hingabe einen Haarknoten. Ryan sah zum Schieflachen aus! Doch er machte schnell ein Selfie, beäugte es kritisch und sagte: »Ich hätte gerne auch noch Zöpfchen.« Chloe und Kara liehen ihm daraufhin ebenfalls ihre Haargummis.

Dann holte Elly ihr Make-up heraus. »Ich kümmere mich um deine Wimpern, Ryan.« Sie fuchtelte mit der Wimperntusche vor ihm herum.

»Neeeeiiiiin!«, rief Ryan und sprang von seinem Stuhl auf.

Nadima und ich kriegten uns vor Lachen schier nicht mehr ein.

Wir waren also alle so damit beschäftigt herumzualbern, dass ich keine Gelegenheit hatte, Nadima vor dem Unterricht von meinem spektakulären Lokum-Geschäftsplan zu erzählen.

In der ersten Stunde hatten wir Schauspielunterricht (stöhn!) und Nadima und ich sollten uns etwas für unsere Karton-Story ausdenken (doppelstöhn!). Ich nahm also mein Handy und versuchte, ihr das zu erklären.

Ich tippte: »Wir denken uns eine Stroy aus.« Dann schaute ich mir die kurdische Übersetzung an:

emhesabekîxweStroy

Es muss verteufelt schwer sein, Kurdisch zu lesen. Ich zeigte Nadima das Display, aber sie runzelte die Stirn und schüttelte den Kopf. »Ich verstehe nicht.«

Also habe ich es vereinfacht und nur »Stroy« eingetippt.

Das sah auf Kurdisch dann so aus:

Kuhîsa

Erneut schüttelte sie den Kopf, deutete auf das Display und fragte: »Was ist Stroy?«

»Stroy?«, fragte ich verwirrt. Dann sah ich mir an, was ich getippt hatte. Vielleicht hatte ich »Story« falsch geschrieben. Also tippte ich »Stroy« in eine SMS und die Autokorrektur machte daraus »Story«.

»Ups!« Ich lachte, schlug mir die Hände vors Gesicht und verbesserte meinen Fehler.

Deine Angabe

Story

Kurdisch

Çîrok

»Ah! Ja!« Sie nickte lachend.

Deine Angabe

Wir denken uns eine Story aus

Kurdisch

emhesabekînûçey

Also tippte ich den ursprünglichen Satz noch mal und war noch verwirrter. Das kurdische Wort »çîrok« (was offenbar »Story« bedeutet) stand nicht dabei. Keines der Wörter hatte ein »c« mit einem kleinen Schnörkel darunter, gefolgt von einem »i« mit Hütchen und einem »k« am Ende. Das konnte sogar ich sehen. Der kurdische Satz könnte also etwas ganz anderes bedeuten.

»Ja, ja! Ich verstehe!«, sagte Nadima.

Ich schüttelte den Kopf. »Nein«, sagte ich. »Nein.«

»Ja, ja!«, versicherte sie.

»Im Ernst, tust du nicht«, sagte ich. Sie blickte äußerst verdutzt drein.

Also gab ich es auf und beschloss, ihr stattdessen von meinem brillanten Lokum-Geschäft zu erzählen. Eigentlich *unser* Lokum-Geschäft.

Ich öffnete mein Heft und zeichnete viele kleine quadratische Stücke hinein. »Lokum«, sagte ich.

Dann fügte ich ein Bild von einem Strichmännchen hinzu, das in einem großen Topf rührt. Ich schrieb »Nad« darunter.

»Du machst Lokum«, sagte ich.

»Okay.« Sie nickte.

Dann zeichnete ich uns an einem Tisch stehend, beschriftete die Strichmännchen mit »Nad + Josie« und zeichnete ganz viel Lokum dazu.

Als Nächstes zeichnete ich neben den Tisch ein Strichmännchen, das eine 50-Pence-Münze hochhält. (Ich hatte darüber nachgedacht, mehr zu verlangen, aber dann entschied ich, dass es gut wäre, es billiger als eine Schokoladentafel zu machen. Seht ihr, das ist Unternehmergeist.)

Ich zeichnete einen Pfeil von der Münze zu uns und einen weiteren von einem Beutel Lokum zum Strichmännchen.

»Wir verkaufen Lokum. Hier an der Schule«, sagte ich.

Es war ein Meisterwerk, wenn ich das so sagen darf. Das war klar, denn sie hat mich sofort verstanden.

»Ja! Ja!« Sie grinste. »Wir verkaufen Lokum. Wir kriegen Geld!«

»Ja!«

Wir waren so vertieft, dass wir Mrs P nicht bemerkten, als sie auftauchte, um zu sehen, wie wir vorankamen. Ich konnte mein Heft nicht rechtzeitig schließen. Ich erstarrte und Nadima warf mir einen raschen, entsetzten Blick zu. Wir hielten den Atem an, während Mrs P die Zeichnung studierte. Doch dann sagte sie: »Genial, genial, genial, Mädchen! Das sieht nach einer wunderbaren Idee für eine Geschichte aus. Gut gemacht!«

Ich hätte fast laut losgelacht. Kaum war Mrs P weitergezogen, kicherten wir um die Wette.

Als wir uns wieder im Griff hatten, fragte ich: »Kann deine Mum das machen? Ganz viel Lokum kochen?«

»Ich mache«, sagte Nadima und tippte sich an die Brust. »Nicht Mum. Ich!«

»Äh … und wann?«, fragte ich. Wie sollte sie denn genug davon machen? Es nützt nichts, ein Produkt auf den Markt zu bringen, wenn man nicht genügend davon auf Lager hat. (Siehst du? Das ist der Grund, warum Legastheniker gute Geschäftsleute sind. Wir denken an alles. Es nennt sich »Das große Ganze im Auge behalten«.)

»Heute Abend. Ich mache drei … äh …« Sie zeigte mit den Händen eine rechteckige Form.

»Dosen?«, riet ich.

»Ja, drei Dosen!«

»Ah, okay.«

Während ich in Gedanken abzuschätzen versuchte, wie viele Stücke das wohl sein würden, sagte sie: »Und morgen drei Dosen.«

»Ernsthaft? Sechs Dosen?«, fragte ich. »In zwei Tagen?!«

»Ha!«, rief sie verächtlich. »Machen Lokum ist einfach, ist babyleicht.«

Ich kicherte.

Sechs Dosen waren eine Menge, schätzte ich, wir könnten also am Mittwoch mit dem Verkauf beginnen.

Wir würden einen Riesengewinn einspielen.

Allerdings lief nicht alles nach Plan.

Die totale Katastrophe

Am Mittwochmorgen kam Nadima mit zwei riesigen Dosen voller Lokum ins Klassenzimmer spaziert. Sie waren so groß, dass sie nicht mal in ihre Schultasche gepasst hatten. Sie musste eine dieser extrastarken Supermarkttüten benutzen. Kaum hatte sie die Tüte auf unserem Tisch abgestellt, da war sie von Neugierigen umringt wie ein Eisbecher von Sahnetupfen.

»Oooh, was ist da drin?«, fragte Liam mit einem gierigen Glitzern in den Augen.

Ich winkte ihn näher heran. »Kannst du ein Geheimnis für dich behalten?«, fragte ich.

Er nickte eifrig.

»Nun, ich auch!«

»Ich wette, es ist etwas Essbares«, sagte Ryan und versuchte, nach der Tüte zu schnappen.

»He! Finger weg!« Ich gab ihm einen freundlichen Schubs. »Das erfährst du in der Pause.«

Dann kam Kara zu uns, gefolgt von den anderen.

»Hast du heute Geburtstag?«, fragte sie Nadima beiläufig.

»Nein. Ist nicht Geburtstag«, erwiderte Nadima verwirrt.

»Sie denkt, es ist ein Geburtstagskuchen«, erklärte ich Nadima langsam und grinsend.

»Ah.« Nadima nickte.

»Ich hatte recht! Es ist ein Kuchen!«, rief Kara begeistert.

»Nein. Ist kein Kuchen«, sagte Nadima bestimmt.

Karas Gesicht war Gold wert. Ich biss mir auf die Unterlippe, um nicht loszulachen.

»Was ist es dann?«, fragte sie verärgert.

»Wir verraten es dir in der Pause.«

»Ach, Mensch!«, bettelte Chloe.

»Was ist daran so geheimnisvoll?«, fragte Lily.

»Wenn ich dir das sagen würde, dann wäre es kein Geheimnis, oder?«, antwortete ich mit beeindruckender Logik.

»Sind wir nicht alle ein bisschen zu alt für Geheimnisse?«, meinte Kara verächtlich.

Ich zuckte bloß die Achseln.

Als der Pausengong ertönte, knallten Nad und ich unsere Bücher in die Taschen und rannten buchstäblich los, um einen Tisch aufzustellen, an dem wir unser Lokum verkaufen konnten. Ich hatte den idealen Platz gewählt – bei der Bank vor unserem Klassenzimmer. Wir schleppten schnell einen Tisch nach draußen. Dann arrangierte Nadima die Lokum-Stücke als Pyramiden auf den Dosendeckeln. Am Anfang kamen viele Kinder, die sich vordrängelten, um zu sehen, was wir verkauften.

»Was ist *das* denn?«, fragte ein Typ unhöflich.

»Es ist Lokum«, sagte ich und bot ihm ein Stück an. »Probier es mal.«

»Auf keinen Fall! Es sieht seltsam aus«, sagte er.

»Ja, wie Seife oder so«, fügte sein Kumpel hinzu. Einige der Kinder lachten.

»Aber es schmeckt köstlich – ehrlich!« Zum Beweis schob

ich mir ein Stück in den Mund. »Probier einfach mal. Und es ist billiger als Schokolade«, fügte ich hinzu.

»Das überrascht mich nicht«, sagte jemand anders, der sich wohl für einen Witzbold hielt.

Ich warf Nadima einen Blick zu. Sie wirkte sehr aufgebracht. Ich weiß nicht, wie gut sie alles verstanden hatte, aber an den Gesichtern ließ sich deutlich ablesen, was die hier abzogen. Niemand wollte auch nur davon probieren.

Und dann tauchten Kara und die anderen auf.

»Das ist also das große Geheimnis?«, sagte sie. »Lokum.«

»Ja, willst du etwas? Nur 50 Pence pro Beutel«, sagte ich.

Sie schüttelte den Kopf. »Ich kann das Zeug nicht ausstehen«, sagte sie. »Es ist total klebrig.«

»Stimmt gar nicht. Das hier ist hausgemacht. Es ist nicht wie das Zeug, das man in Läden bekommt.«

Kara rümpfte die Nase. Wie unhöflich!, dachte ich.

»Lil?«, sagte ich und bot ihr ein Stück an. Sie verzog das Gesicht. »Ich hatte gerade Chips.«

Nadimas Gesicht war inzwischen gerötet, und ich sah ihr an, dass sie entweder ziemlich wütend war oder versuchte, nicht zu weinen – wahrscheinlich beides.

Mit einem Mal sah ich die Sache mit ihren Augen. Die Kids lehnten nicht nur ihre Süßigkeiten ab, sondern ihre komplette Herkunft. Zu Hause in Syrien hatte ihre Familie ihren Lebensunterhalt damit verdient. Aber die Kinder in unserer Schule verspotteten ihr Lokum. Echt jetzt, wie dumm kann man eigentlich sein?

Sie war aufgebracht und ich war wütend – vor allem auf Kara und Lily. Wie konnten sie nur so gemein sein? Es hätte sie nicht umgebracht, einfach ein Stück zu probieren, oder? Auch wenn sie es nur aus Höflichkeit getan hätten. Nadima gab sich solche Mühe, mit allen befreundet zu sein, und dann wandten sie sich von ihr ab und behandelten sie wie den letzten Dreck.

Es war eine Katastrophe. Wir hatten nichts verkauft. Kein einziges Stück. Wir konnten nicht mal etwas verschenken. Ich kann euch nicht sagen, wie mies ich mich fühlte.

Und dann, gerade als ich dachte, dass es nicht schlimmer werden könnte, ratet mal, was dann passierte: Es wurde schlimmer.

Nachsitzen

Mr J pirschte sich neugierig an. »Josephine Watson! Was um alles in der Welt glaubst du, was du da machst?«, blubberte er. »Es ist verboten, auf dem Schulgelände etwas zu verkaufen. Das ist eine Schule, kein Bauernmarkt! Packt sofort alles zusammen und geht schnurstracks zur Rektorin. Alle beide.«

Ich versuchte nicht einmal, mich rauszureden.

»Wir dürfen es nicht verkaufen«, erklärte ich Nadima, während ich die Beutel wieder in die Dosen legte.

»Warum?«, fragte sie.

Ich zuckte die Achseln.

»Haben Ärger?«, fragte sie ängstlich und half mir beim Einpacken.

»Nein. Alles wird gut. Mach dir keine Gedanken«, behauptete ich.

Aber ich konnte an ihrem Gesichtsausdruck erkennen, dass sie mir nicht glaubte. Sie sah besorgt aus. Eigentlich sogar regelrecht verängstigt.

Wir standen vor Mrs Cs Schreibtisch. Nadima war starr vor Angst. Ich nahm ihre Hand und drückte sie aufmunternd.

»Josephine Watson, du schon wieder!« Mrs C starrte mich über ihre Brille hinweg an.

»Aber es ist nicht meine Schuld!«, verteidigte ich mich. »Ich wusste nicht, dass wir kein Lokum verkaufen dürfen.«

»Du darfst auf dem Schulgelände nichts verkaufen.« Mrs C seufzte.

»Woher hätte ich das wissen sollen? Es ist ja nicht so, als würde man uns am ersten Schultag eine Liste aller Regeln aushändigen. Und ich wette, dass es eine Regel mit einem Verkaufsverbot gar nicht gibt.«

Mrs C hob die Augenbrauen. Rückblickend denke ich, dass ich ein paar Warnzeichen übersehen habe.

»Es gibt auch keine Regel, die verbietet, dass ihr euren Mathelehrer ermordet, und trotzdem ist das völlig klar.«

»Aber das kommt daher, dass Mord gegen das Gesetz verstößt, Verkaufen hingegen nicht!«, rief ich aus.

»Darum geht es nicht, Josie, und das weißt du. Wenn ihr Lokum verkaufen wollt, wieso hebt ihr euch das nicht für die *Charity Challenge Week* auf?«

(*Weil wir dann nichts dabei verdienen würden*, dachte ich, behielt das aber lieber für mich.)

Ich warf Nadima einen raschen Blick zu. Sie war den Tränen nahe. Aber Mrs C war noch nicht fertig. Sie hielt inne, dann ließ sie die Bombe platzen. »Ihr werdet beide nachsitzen.«

»Das ist nicht fair! Sie können uns nicht wegen etwas bestrafen, von dem wir nicht wussten, dass es verboten ist!«, verteidigte ich uns.

»Doch, das muss ich. Ich kann euch das nicht durchgehen lassen. Sonst denken alle anderen Kinder, dass sie an der Schule ebenfalls etwas verkaufen können. Ich muss ein Exempel statuieren.«

Dann wandte sie sich an Nadima und sagte langsam und deutlich: »Du musst hierbleiben, nach der Schule, heute. Hast du verstanden?«

Nadimas Gesichtszüge verkrampften sich und sie brach in Tränen aus.

Ich bat Mrs C, Nadima zu verschonen. »Es war nicht ihre Schuld! Es war alles meine Idee«, erklärte ich ihr.

»Du hast Nadima da hineingezogen und nun musst du die Konsequenzen tragen.«

»Das ist so was von unfair!«, rief ich und stürmte aus dem Büro. Nadima folgte mir. Sobald wir Mrs Cs Büro verlassen hatten, fing sie an, mich anzukeifen! Zuerst auf Kurdisch und dann auf Englisch. Na ja, mit ein paar Brocken Englisch.

»Das schlecht. Du schlecht. Du schlechte Freundin. Du bringst mir Ärger.«

»Wir müssen doch nur nachsitzen, Nadima«, sagte ich.

»Das ist Ärger! Ärger ist böse. Wenn ich böse bin, sie mich vielleicht schicken zurück! Zurück nach Syrien.«

»Nein, das tun sie nicht, Nad!«, rief ich. »Niemand wird dich nach Syrien zurückschicken! Das können sie nicht. Doch nicht wegen ein bisschen Nachsitzen.« Also ehrlich?! Sie führte sich bescheuert auf!

»DU WEISST NICHT. DU WEISST NICHT!«, kreischte sie. »Jetzt wir vielleicht nicht sicher. Und ist deine Schuld!«

Sie feuerte eine Reihe kurdischer Wörter auf mich ab. Ich hatte keine Ahnung, was sie bedeuteten, aber es war ziemlich klar, was sie mir damit sagen wollte. Dann wirbelte sie herum und rauschte davon.

Ärger

Der Schulbus war schon seit einer Ewigkeit weg, also musste ich auf andere Art nach Hause kommen.

Na toll. Konnte dieser Tag noch besser werden?

Das Nachsitzen war schrecklich gewesen. Nadima hatte sich geweigert, neben mir zu sitzen. Ich versuchte, mit ihr zu reden und mich bei ihr zu entschuldigen, aber sie drehte mir den Rücken zu. Und kaum war die Zeit vorbei, packte sie ihre Taschen und schaute zu, dass sie wegkam. Die Supermarkttüte voller Lokum schlug gegen ihre Beine, als sie aus dem Raum lief.

Also musste ich jetzt entweder nach Hause laufen oder Mum anrufen, ihr mein Nachsitzen beichten und sie bitten, mich abzuholen.

Die Entscheidung war klar.

Ich marschierte los. Doch dann hörte ich ein Auto hupen. Ich drehte mich um und sah Mums Auto in der Kurzparkzone. Einer meiner Brüder musste mich verpetzt haben. Ich steckte in großen Schwierigkeiten.

Durch die Windschutzscheibe konnte ich sie mit den Fingern aufs Lenkrad trommeln sehen. Ich setzte mich neben sie.

»Und?«, fragte sie, knallte den Gang rein und schoss rückwärts aus dem Parkplatz.

»Ich musste nachsitzen.«

»Das hat Matt mir erzählt. Ich musste eine Hausbesichtigung absagen und früher von der Arbeit weggehen, um dich abzuholen. Und ich musste die Schule anrufen, um herauszufinden, wann das Nachsitzen vorbei ist. Kannst du dir vorstellen, wie peinlich das war?«

Ich erwiderte nichts, sondern starrte nur durch die Windschutzscheibe. Sie brauchte mich nicht daran zu erinnern, dass bisher noch keiner von uns hatte nachsitzen müssen.

»Hättest du es mir selbst erzählt?«, bohrte sie nach.

»Ich dachte, du würdest wütend werden.«

»Allerdings.«

»Aber es war nicht meine Schuld!«, beklagte ich mich und erzählte ihr, was passiert war.

»Du musstest also für etwas nachsitzen, wovon du gar nicht wusstest, dass es falsch war. Richtig?«, fragte sie und beruhigte sich ein wenig.

»Ja!«, beklagte ich mich. »Das war unfair! Ich habe genug von dieser blöden Schule und ihren blöden Regeln und der blöden, blöden Mrs C.«

»Josephine – sei ehrlich zu mir. Hast du Ärger bekommen, weil du etwas Falsches gemacht hast oder weil du anschließend frech zu Mrs C warst? Ich kenne dich. Du benimmst dich wie ein Elefant im Porzellanladen und machst damit alles noch schlimmer.«

»Nein! Gar nicht! Ich war total höflich«, behauptete ich und ging rasch in meinem Kopf das Gespräch durch. Ich versuchte mich zu erinnern, was ich genau gesagt hatte.

»Nun, in diesem Fall erscheint es mir übertrieben, dich nachsitzen zu lassen, obwohl du nicht wusstest, dass du gegen Regeln verstößt. Soll ich anrufen und …?«, aber ich ließ sie nicht ausreden.

»Das ist es nicht! Das ist nicht das Problem«, rief ich und brach prompt in Tränen aus.

Mum fuhr an die Seite und versuchte mich zu umarmen, was wegen der Sicherheitsgurte nicht ganz einfach war, und außerdem bin ich schon zu groß für eine mütterliche Umarmung. Ich weine so gut wie nie, aber diesmal konnte ich nicht aufhören. Heftige Schluchzer schüttelten mich, und ein Sturzbach von Tränen rann mir übers Gesicht, bis es voller Rotz war (Mums Pullover übrigens auch).

»Was ist los, Süße?«, fragte sie besorgt. »Was ist noch passiert?«

»Ich habe Nadima das alles eingebrockt«, heulte ich. »Jetzt ist sie wütend auf mich und will nicht mehr mit mir befreundet sein, und selbst wenn sie es wollte, würde ihre Familie es bestimmt nicht mehr erlauben. Sie hat mich eine schlechte Freundin genannt. Aber ich bin doch keine schlechte Freundin. Echt nicht! Ich wusste ja nicht, dass wir Ärger kriegen würden. Aber das konnte ich ihr nicht mal erklären.«

Tränen tropften mir vom Kinn auf den Hals. Mum reichte mir ein zusammengelegtes Blatt von einer Küchenrolle aus der Seitenablage in der Autotür. Ich schnäuzte mich, schniefte und erzählte weiter.

»Ich habe Mrs C gebeten, Nadima nicht nachsitzen zu lassen. Ich habe sie angefleht. Ich habe ihr gesagt, dass es nicht Nadimas Schuld war. Aber sie sagte, ich hätte Nadima da mit hineingezogen und müsste die Konsequenzen tragen. Aber nicht nur ich muss die Konsequenzen tragen, nicht wahr?«, regte ich mich auf. »Nadima ebenfalls. Und sie hat grässliche Angst, dass ihre ganze Familie nach Syrien zurückgeschickt wird, wenn einer von ihnen Ärger bekommt.«

»Josie! Beruhige dich! Sie werden nicht abgeschoben, nur weil Nadima nachsitzen musste!«, sagte Mum.

»Das weiß ich ja, aber sie wissen es nicht, oder?«

»Schatz, wir können das in Ordnung bringen. Wir können es Nadimas Familie erklären«, sagte Mum beruhigend.

»Nein, das können wir nicht! Das ist ja das Problem. Sie sprechen kein Englisch!«

»Na hör mal, das sieht dir aber gar nicht ähnlich«, sagte Mum und schob mich ein Stück von sich weg, um mir ins Gesicht sehen zu können. »Ich bin sicher, dass wir eine Möglichkeit finden, das alles wiedergutzumachen.«

»Nein, Mum! Das sagt sich so leicht. Aber ich bin kein kleines Kind mehr«, rief ich. »Du kannst nicht einfach alles besser machen, indem du mich in den Arm nimmst, mir ein Pflaster aufklebst oder mir Schokolade gibst.«

Mum wich zurück, als hätte ich sie geohrfeigt. »Aha. Na gut, dann belassen wir es einfach dabei«, sagte sie.

Sie erwartete keine Antwort, also sagte ich nichts.

Schweigend fuhren wir weiter. Als wir nach Hause kamen, stürmte ich in mein Zimmer und knallte die Tür zu. Ich machte mir nicht mal die Mühe, Nadima zu schreiben. Es wäre zwecklos gewesen.

Abgetaucht

Als ich am nächsten Morgen aufwachte, hatte ich sofort einen Knoten im Magen und mir war schlecht. Diese grässliche Szene mit Nadima vor Mrs Cs Büro stürmte wieder auf mich ein. Ich konnte unmöglich in die Schule gehen. Was, wenn Nad immer noch nicht mit mir reden wollte? Und nicht nur das, Kara würde sich auch noch hämisch darüber freuen.

Nach einer Weile hörte ich das *Ping* einer eingehenden Textnachricht. Ich griff nach meinem Handy und hoffte, dass Nadima mir geschrieben hatte. Leider nicht. Ich hatte ein paar neue Nachrichten, aber keine von ihr. Ich konnte mich nicht dazu aufraffen aufzustehen. Ich ließ mein Handy wieder auf den Boden fallen und kuschelte mich unter die Bettdecke.

Als ich nicht zum Frühstück hinunterging, kam Mum hoch zu mir ins Zimmer. »Mach schon. Es ist halb sieben!«

Ich drehte mich zur Wand. »Ich gehe heute nicht zur Schule«, sagte ich. »Ich fühle mich nicht gut.«

Sie kam ins Zimmer und setzte sich aufs Bett. »Ist es wegen Nadima?«

»Nein!«, schwindelte ich. »Ich bin krank.«

Mum glaubte mir offensichtlich nicht, denn sie sagte: »Wenn du hingehst, kannst du die Sache mit ihr in Ordnung bringen.«

»Nein, das kann ich nicht! Sie spricht nicht mal mit mir.«

Sie schwieg kurz, dann sagte sie: »Josie, solche Dinge regeln sich oft von selbst, wenn alle genug Zeit hatten, sich zu beruhigen.« Ich sagte nichts, woraufhin sie meinte: »Könnte es sein, dass du vielleicht ein wenig überreagierst?«

»Nein, überhaupt nicht!«, rief ich. »Sie hat mich eine schlechte Freundin genannt und sie hat recht. Ich bin eine miserable Freundin. Lily möchte lieber mit Kara als mit mir befreundet sein, und jetzt habe ich es mir mit Nadima verdorben und sie möchte auch nicht mehr mit mir befreundet sein.«

»Nein, du hast es dir nicht verdorben, Schatz. Sie war entsetzt, dass sie nachsitzen musste. Vielleicht hatte sie Angst davor, wie ihre Eltern reagieren würden.«

»Das kommt auch noch dazu. Was ist, wenn ihre Eltern ihr den Umgang mit mir verbieten?«

Mum streckte die Hand aus und strich mir eine Haarsträhne hinters Ohr. Dann sagte sie: »Ich finde wirklich, du solltest aufstehen und versuchen, die Dinge in Ordnung zu bringen. Du kannst nicht vor deinen Problemen davonlaufen.«

»Ich laufe nicht vor ihnen davon! Ich habe doch gesagt, dass ich krank bin. Ich habe Kopfschmerzen und mir ist schlecht«, jammerte ich.

Sie legte die Hand auf meine Stirn. Das fühlte sich schön und weich und kühl an und erinnerte mich daran, wie es war, als ich klein war.

»Ich fühle mich wirklich nicht gut.« Ich legte den Kopf aufs Kissen zurück und schloss die Augen. Ich simulierte nicht mal. Ich fühlte mich nicht in der Lage, in die Schule zu gehen. Je mehr ich darüber nachdachte, desto schlechter ging es mir.

»Na gut. Du kannst heute zu Hause bleiben. Ich rufe an und sage Bescheid, dass du krank bist«, sagte Mum.

»Danke.« Ich drehte mich wieder zur Seite und starrte die Wand an.

»Soll ich dir noch ein kleines Frühstück bringen, bevor wir gehen?«

»Nein, danke. Ich möchte nichts essen«, antwortete ich. Und das war wirklich so.

Ich hatte den ganzen Tag zu gar nichts Lust. Ich konnte mich nicht einmal dazu motivieren, an meiner Website oder meinem Unternehmensplan zu arbeiten. Ich lag einfach im Bett, hörte Musik und sah mir Filme an. Man sollte denken, es wäre toll, einen Tag blauzumachen, doch es war total öd. Mir war elend langweilig und ich dachte immer wieder an Nadima. Und dann wurde mir wieder ganz flau im Magen.

Den ganzen Tag lang über pingte mein Handy und meldete eingehende Nachrichten. Und ich hoffte jedes Mal, Nadima würde mir schreiben. Doch kein Wort von ihr. Die meisten Nachrichten kamen von Lily. Ich war nicht in der Stimmung, sie zu beantworten. Aber sie schrieb trotzdem weiter, was lieb von ihr war.

Alles in Ordnung?
Was ist los?
Bist du krank?

In der Mittagspause muss sie sich nach einem meiner Brüder umgeschaut haben, um zu erfahren, was mit mir los war, denn danach schrieb sie:

Nick sagt, du bist krank.
Du Arme.

Und danach:

Alle lassen dich grüßen und wünschen dir gute Besserung.

Und dann:

Kommst du morgen wieder?

Ich erwog, auch den nächsten Tag zu schwänzen. Aber ich wusste, dass Mum es mir nicht erlauben würde. Nicht, wenn ich mich nicht am laufenden Band übergab. Und falls ich am Freitag nicht in die Schule ging und alles in Ordnung brachte, würde Mum mich womöglich am Wochenende zu Nadima fahren. Das wäre noch schlimmer – ich müsste ihrer Mutter und ihrem Vater gegenübertreten.

Mum hatte recht. Ich konnte nicht ewig vor der Sache weglaufen. Also schrieb ich Lil.

Es geht mir schon besser

Bis morgen J x

Morgen. Ich wollte gar nicht daran denken.

Am folgenden Morgen wollte ich unbedingt früh genug in der Schule sein, um allein mit Nadima reden zu können, ohne dass die anderen uns mit gespitzten Ohren umzingelten. Keine Chance. Meine Brüder schienen den Befehl »Beeilt euch! Wir müssen los. JETZT!« nicht zu kapieren. Es war, als würde man bei einem Faultierrennen zusehen, so wie sie zum Auto schlurften.

Als ich endlich das Klassenzimmer erreichte, saß Nadima zwischen Kara und Lily auf deren Tisch.

Als sie mich sah, wurde sie rot und schaute weg. Sie begrüßte mich nicht mal. Das bedeutete wohl, dass sie immer noch nicht mit mir redete. Ich war total fertig, aber wild entschlossen, mir nichts anmerken zu lassen, also rang ich mich dazu durch, alle anzulächeln.

»Geht es dir besser?«, fragte mich Kara, und ich bin mir ziemlich sicher, dass sie es sarkastisch meinte.

Aber ich erinnerte mich daran, dass ich versprochen hatte, Lily zuliebe nett zu ihr zu sein, also sagte ich nur: »Viel besser, danke.« Dann rutschte ich auf meinen Platz, in der Hoffnung, Nadima würde sich zu mir setzen. Doch das tat sie erst, als Mrs W mit der Klassenliste hereinkam, und da war es zu spät, die Sache in Ordnung zu bringen, also beschloss ich, bis zur Pause zu warten. Doch die erste Stunde änderte alles.

Wir hatten Französisch. Zu meiner Überraschung setzte sich Lily neben mich. Ich sah mich um und sah Nadima neben Kara sitzen.

»Ich hoffe, es macht dir nichts aus«, sagte Lily. »Aber als du gefehlt hast, habe ich mit Nadima getauscht, damit sie nicht alleine sitzen musste. Und sie schien mit Karas Hilfe wirklich gut zurechtzukommen, darum haben wir beschlossen, es so zu lassen.«

Mir fehlten die Worte.

»Das macht dir doch nichts aus, oder? Ich dachte, du freust dich bestimmt, wenn wir wieder zusammensitzen«, sagte sie.

»Klar doch«, murmelte ich. »Natürlich freue ich mich.« Und ich hätte mich auch gefreut. Das wäre richtig gewesen. Aber ich konnte das Gefühl nicht abschütteln, dass Kara es wieder getan hatte. Irgendwie hatte sie es geschafft, mir eine weitere Freundin auszuspannen.

Es tut mir leid

Als ich nach Hause kam, fragte Mum sofort, ob ich mit Nadima alles geklärt hätte.

»Nein«, sagte ich.

Ihr Blick sprach Bände.

»Ich hatte keine Chance!«, versetzte ich. »Sie sitzt jetzt neben Kara.«

»Oh!« Sie klang überrascht, versuchte aber, keine Reaktion zu zeigen.

»Und es gab keinen einzigen Zeitpunkt, zu dem ich mit Nadima allein war. Vor allen anderen wollte ich es nicht zur Sprache bringen«, erklärte ich.

»Ah«, sagte Mum und fügte nach einem Moment hinzu: »Nun, dann müssen wir uns eben überlegen, was wir als Nächstes tun sollen.« Sie drückte mich kurz.

Ich war so nahe daran, in Tränen auszubrechen, dass ich schnellstens in meinem Zimmer verschwand.

Ich setzte mich auf mein Bett und »dachte darüber nach, was ich als Nächstes tun sollte«.

Zuerst malte ich mir aus, wie ich Kara von einer Klippe in einen haiverseuchten Pool oder in eine Schlangengrube stieß. Dann wurde mir klar, dass ich auf keine dieser wunderbaren Lösungen zurückgreifen konnte. Ich musste das selbst in Ordnung bringen.

Ich ging hinunter zum Computer, an dem Nick arbeitete.

»Wirst du noch lange brauchen?«, fragte ich ihn.

»Stunden«, antwortete er.

»Kann ich ihn mir in diesem Fall für ein paar Minuten ausleihen?«

»Nö!«

»Bitte!«

»Nö!«

»Aber es ist wirklich wichtig!«

Er hielt inne und sah mich an. »Ernsthaft?«

»Ja, ernsthaft«, sagte ich.

»Na gut, zehn Minuten.«

Ich drückte ihn. »Danke, Nick.«

Er trollte sich nach oben und rief über die Schulter: »Sag mir Bescheid, wenn du Hilfe brauchst. UND LASS MICH WISSEN, WENN DU FERTIG BIST!«

Ich erstellte ein Word-Dokument. Das war schon mal ein guter Anfang. Aber dann kam ich nicht weiter. Ich starrte auf die leere Seite. So ist es immer, wenn ich etwas schreiben soll. Mein Gehirn ist wie leer gefegt.

Glücklicherweise habe ich als Legastheniker eine brillante Strategie, um damit umzugehen. Ich höre einfach auf, darüber nachzudenken, was ich *schreiben* will, und denke stattdessen darüber nach, was ich *sagen* will. Manchmal stelle ich mir sogar vor, wie ich mit jemandem rede.

Ich öffnete Google Translate, tippte »Es tut mia laid« in das vorgegebene Kästchen und klickte auf *Kurdisch*. Ich erhielt:

Ewmiaqedike

Das überzeugte mich nicht. Es sah verdächtig aus, und es hatte keinen dieser kleinen, verschnörkelten Extras und lustigen Hütchen, die wie Konfetti auf alle kurdischen Wörter verstreut sind.

Da es Freitag war, kam Mum in die Küche, um das Abendessen zu kochen. Sie sah, wie ich verständnislos auf den Bildschirm starrte.

»Alles in Ordnung?«, fragte sie.

»Ich tippe eine Nachricht an Nadimas Familie.«

Sie kam her und las über meine Schulter, was ich getippt hatte.

»Ah«, sagte sie, »ich entdecke da eine winzige Schwachstelle in deinem ansonsten exzellenten und lobenswerten Plan. Du sprichst kein Kurdisch ... sie sprechen kein Englisch ... und der Computer spricht kein Josephineisch!«

Ich lachte.

»Rutsch mal rüber«, sagte Mum. »Du redest, ich tippe!«

Also verfassten wir gemeinsam eine kurze Nachricht. Wir dachten: je kürzer, desto besser.

Unser Text:

Es tut mir leid, dass Nadima Ärger bekommen hat.
Ich wusste nicht, dass es gegen die Regeln ist, in
der Schule Sachen zu verkaufen.
Darf ich bitte Nadimas Freundin sein?

Unser Text auf Kurdisch:

EzbaxşimkuNadima di tengahiyê de bû
Min nizanibûkuew li dijîqanûnênku li
dibistanafirotanêdifiroşin.
EzdikarimjihevalêxwereNadimabe?

(Seht ihr? Jede Menge dieser lustigen Schnörkel und Hütchen im kurdischen Text.)

Dann habe ich die kurdische Version in das Word-Dokument kopiert und ausgedruckt.

»Los geht's!«, sagte Mum, schnappte sich die Autoschlüssel und ging zur Tür.

»Was, jetzt gleich?«

»Ja, jetzt sofort!«

Ich erstarrte. »Eigentlich bin ich mir nicht sicher, ob das wirklich eine gute Idee ist.«

»Vertrau mir, das ist es«, sagte Mum.

»Und wenn Nadima nicht mal mit mir reden will?«

»Das hält dich nicht davon ab, mit ihr zu reden.«

»Was ist, wenn ihre Eltern wütend auf mich sind?«

»Hör auf, dich verrückt zu machen. Es wird schon klappen«, sagte Mum.

»Aber was, wenn sie uns gar nicht ins Haus lassen?«, rief ich. »Ich habe eine Idee. Wir werfen den Zettel einfach in den Briefkasten.«

»Und laufen dann weg, oder was?«, fragte Mum grinsend.

»Ja, genau!«

»Josephine Watson, sei nicht so ein Weichei!« Sie packte mich am Arm und zog mich zum Auto.

Alles geklärt!

Nadimas Mum öffnete und bat uns breit lächelnd ins Haus. Dann rief sie Nadima nach unten. Natürlich versammelten sich auch Rasha, Sami und Nadimas Vater im Wohnzimmer.

Ich übergab Nadimas Mutter das Blatt, und Nadimas Vater las über ihre Schulter mit, während ich total verkrampft dastand und vor Scham am liebsten im Boden versunken wäre.

Niemand sagte etwas. Es war wirklich sehr unangenehm.

Ich war nervöser, als ich mich jemals vor einem Lehrer gefühlt habe – oder sogar vor Mrs C.

Ich bemerkte, dass Nadima meine Nachricht gar nicht zu lesen versuchte. Ich war mir nicht sicher, ob es daran lag, dass sie wütend auf mich war, oder ob sie sich ihren Eltern gegenüber so verhielt. Aber dann reichten sie ihr das Blatt. Sie las es und dann zogen sie alle ratlose Gesichter, zuckten die Schultern und unterhielten sich auf Kurdisch.

Ich sah ängstlich zu Mum.

Schließlich wandte sich Nadima an mich, hielt mir das Blatt hin und sagte: »Ist kein Sinn.«

»Was?!«, sagte ich.

Alle tauschten Blicke.

Etwas musste furchtbar schiefgegangen sein. Dann hatte Nadima die (ziemlich brillante) Idee, den kurdischen Text zurückzuübersetzen. Sie zeigte mir das Ergebnis auf dem Bildschirm.

Da stand:

Es tut mir leid, Nadima war in Schwierigkeiten.
Ich wusste nicht, dass sie in der Schule
Verkaufsgesetze verkaufen.
Kann ich Nadima mit meinem Freund sein?

Ich hatte Schwierigkeiten, es zu lesen (wie üblich), darum las Mum es laut vor.

Nadima hatte recht. Es ergab überhaupt keinen Sinn!

»Aber wie kann es sein, dass der Computer meine Nachricht so übersetzt hat?«, wunderte ich mich.

Mum zuckte die Achseln. »Er ist eine Maschine! Deshalb sage ich dir ja immer, dass du deine Französischhausaufgaben nicht mit Google Translate machen sollst.«

(Sie hat übrigens recht. Unser Französischlehrer sagt, Google Translate würde noch schlechter Französisch sprechen als unsere Klasse.)

»Aber das ist nicht das, was ich geschrieben habe«, sagte ich langsam zu Nadima. Ich streckte meine Hand nach ihrem Handy aus. Sie reichte es mir, und nach viel abwechselndem Tippen, Löschen, Tippen und noch mehr Löschen schafften sie und ich es endlich zusammenzupuzzeln, was ich ihr sagen wollte.

Mittlerweile saßen Mum und Nadimas Eltern um den Esstisch und tranken aus winzigen Tässchen schwarzen Kaffee. Sami war auf Mums Schoß geklettert und sie knuddelte ihn. Rasha bot ihr schüchtern ein Stück Lokum an. Ich seufzte, als mir einfiel, dass die Küche voll davon sein musste.

Nadima zeigte ihren Eltern dann die letzte Version meiner Nachricht.

»Aaaah!«, sagten sie beide unter viel Lächeln, Lachen und Nicken.

Dann lächelte Nadimas Mum mich liebevoll an und sagte: »Josie! Ist in Ordnung. Ja! Du bist Nadimas Freundin.«

»Du bist gute Freundin«, fügte Nadima hinzu. »Du bist nicht schlechte Freundin.« Sie zog die Mundwinkel nach unten. »Tut mich leid.«

»Nein, *mir* tut es leid«, sagte ich.

»Ah ja. Tut *mir* leid«, wiederholte Nadima. Sie dachte, ich hätte ihr Englisch korrigiert! »Danke!«, ergänzte sie.

Ich gab auf und umarmte sie einfach.

»Siehst du«, sagte Mum, als wir ins Auto stiegen. »Ich habe dir ja gesagt, dass alles gut wird.«

Ich grinste sie an. Ja, alles war gut. Sogar besser als gut, es war wunderbar! Ich zog meine Füße auf den Sitz und umarmte glücklich meine Knie. Dann stöpselte ich Mums Handy ein und wir sangen den ganzen Weg ihre wirklich uralten Lieder mit.

Beste Freundinnen

Am nächsten Morgen, einem Samstag, kam Nad mich besuchen. Matt fuhr zum Friseur und bot uns eine Mitfahrgelegenheit zum Wochenmarkt an.

Ich glaube nicht, dass Nad schon einmal auf dem Markt gewesen war.

»Ist wunderbar!« Ihre Augen leuchteten, als sie die bunten Stände sah.

»*So* toll ist es nun auch wieder nicht.« Ich lachte.

Aber sie grinste und sagte: »Ist wie zu Hause. Wir haben Markt. Ich liebe Markt.«

Nadima zog mich buchstäblich zu einem Stand, an dem es Schals gab. »Ooooh!«, staunte sie und nahm einen Schal in die Hand, der dunkelorange war. »Ist schön! Wie heißt?«

»Schal«, sagte ich.

»Schal. Ich habe gleichen Schal«, sagte sie. »Aber ist verloren.«

»Oh«, sagte ich, dann fiel mir nichts Passendes mehr ein.

»Der würde dir sehr gut stehen«, sagte die Frau an dem Stand. »Du kannst ihn gerne anprobieren.«

Aber Nadima hängte ihn zurück.

»Sie spricht nicht viel Englisch«, erklärte ich.

»Ich spreche viel Englisch!«, protestierte Nadima und gab mir einen freundlichen Schubs. »Ich spreche sehr vieles Englisch!«, was mich und die Frau zum Lachen brachte.

Dann nahm Nad einen mitternachtsblauen Schal vom Ständer und hielt ihn an mein Gesicht.

»Ist gut. Blau. Ist wie Augen!«, erklärte sie. Sie zeigte mir, wie ich ihn um den Kopf wickeln konnte, so wie sie ihr Kopftuch trug.

Die Frau lächelte. »Sie hat recht. Er passt zu deinen Augen!«

Nadima wandte sich an die Frau. »Ist wie viel?«

»Acht Pfund, Liebes.«

»Acht?« Nad zuckte traurig die Schultern. »Ist zu viel. Tut mir leid. Ich habe fünf.« Sie wickelte ihn von meinem Kopf ab und legte ihn wieder zurück.

An der Rückseite des Standes gab es einige Ständer mit Schmuck. Doch alles kostete mehr als fünf Pfund.

Nadima nahm ein Paar lange, dunkelblaue Ohrringe und hielt sie an mein Gesicht. Aber sie waren für Ohrlöcher und ich habe keine.

»Keine Löcher!«, sagte ich und zupfte an meinen Ohrläppchen.

»Ah!« Sie lachte. »Ich mache für dich!«, scherzte sie und deutete an, mir in die Ohrläppchen zu stechen.

»Niemals.« Ich legte schützend die Hände über die Ohren.

Dann bemerkte ich ein Päckchen mit zwei Armbändern für acht Pfund. Sie bestanden aus verdrillten Schnüren, an denen Metallherzen hingen. Eins war rosa und silbern, das andere blau und golden. Auf den Herzen war etwas in geschwungenen Buchstaben eingraviert. Zu geschwungen, als dass ich sie hätte lesen können, aber ich konnte es mir denken. »Steht da BFF?«, fragte ich die Standfrau. »Ich kann das von hier aus nicht lesen.«

Sie nickte und reichte sie mir.

Ich hielt sie hoch, um sie Nadima zu zeigen. »Für uns«, sagte ich, »schau«, deutete auf die Herzen und erklärte: »BFF bedeutet ›Beste Freundinnen für immer‹.«

Ihre Augen strahlten und sie grinste übers ganze Gesicht. »Ich mag!«

»Nur vier Pfund für jedes«, sagte ich, hielt vier Finger hoch und zeigte erst auf sie, dann auf mich.

Wir kauften die Armbänder.

Ich ließ Nadima ihres auswählen. Sie nahm das in Blau und Gold (es war das schönere) und gab es dann sofort mir!

Als wir uns gegenseitig die Armbänder um die Handgelenke banden, fragte ich sie: »Hattest du zu Hause in Syrien eine beste Freundin?«

Ihr Gesicht zog sich zusammen, wie immer, wenn sie aufgebracht war.

»Ja. Sie heißt Jamal.«

Mir fiel auf, dass sie »heißt« sagte, nicht »hieß«, darum fragte ich: »Ist sie noch dort?«

Sie runzelte die Stirn und sah weg.

»Es tut mir leid.« Ich wollte meinen Arm um sie legen.

Aber sie schüttelte mich mit einer kleinen Bewegung ab.

»Ist in Ordnung. Vielleicht ist sie okay. Ich hoffe sie okay. Ich hoffe.«

»Wie ist Jamal so?«

Die Erinnerung zauberte ein warmes Lächeln auf ihr Gesicht. »Sie lustig. Sie nett. Sie klug. Jamal wie du!«, sagte sie.

Kronjuwelen

Als ich am Montag in die Klasse kam, zeigte Nadima gerade Chloe und Elly stolz ihr Armband.

»Das ist sooo hübsch«, fand Elly.

»Ich habe auch eins«, sagte ich, beugte mich über Nadima und zeigte ihnen das Armband an meinem Handgelenk. »Sie gehören zusammen.«

Elly sagte zu Chloe: »Wollen wir uns auch welche kaufen?«

»Nur, wenn ich das in Rosa und Silbern bekomme«, erwiderte Chloe.

»Oh mein Gott, Chloe, du bist so pink!« Ich lachte und die beiden lachten mit.

In dem Moment kamen Kara und Lily. Kara wollte natürlich unbedingt sofort wissen, worüber wir lachten.

Als Elly es ihr erklärte, packte Kara regelrecht Nadimas Handgelenk. »Ooooh, zeig mal!«

»Ist hübsch, ja?« Nadima lächelte.

»Ja, es ist wunderschön. Schau, Lily, auf dem Herz steht ›Beste Freundinnen für immer‹«, sagte Kara.

Plötzlich zog sich mein Magen zusammen. Warum hatte ich nicht darüber nachgedacht, wie Lily sich fühlen würde, wenn ich und Nad Beste-Freundinnen-Armbänder hatten? Ich wäre am Boden zerstört gewesen, wenn sie und Kara solche Armbänder hätten? Wieso hatte ich das nicht bedacht?

Besorgt studierte ich ihr Gesicht. Sie beugte sich herüber,

um sich mein Armband genau anzuschauen. Ich hielt buchstäblich den Atem an. Aber sie sagte nur: »Mir gefällt das kleine Herz!«

Ihr könnt euch nicht vorstellen, wie erleichtert ich war, aber dann sagte Elly: »Wir besorgen uns auch welche«, und deutete auf sich und Chloe.

Natürlich wandte sich Kara an Lily und sagte: »Lass uns auch welche kaufen.«

Lily nickte eifrig und sagte: »Au ja!«

In meinem Magen rumorte es und mir war elend zumute.

Das war es also? Lil und ich waren nicht mehr beste Freundinnen? Sie war nun offiziell Karas *beste Freundin für immer*. Meine Kehle wurde eng, und ich erwog, mich besser schleunigst auf die Toilette zu verkrümeln, wenn ich nicht vor der ganzen 7R in Tränen ausbrechen wollte.

Aber dann machte Lil etwas Tolles. Das ist so typisch für sie. Sie lächelte mich an und sagte: »Dann können wir alle beste Freundinnen sein.« Die Knoten in meinem Bauch schmolzen wie Schokolade in einem Schokoladenbrunnen.

Der Montagmorgen begann also fabelhaft. Und dann wurde er noch besser, denn gleich nach der Anwesenheitskontrolle erinnerte uns Mrs W daran, dass nächste Woche die *Charity Challenge* stattfinden würde.

»Jeder von euch sollte sich etwas wirklich Gutes einfallen lassen, um Spendengelder einzunehmen«, erklärte sie. »Diejenigen, die am meisten sammeln, bekommen Preise.«

Ryan und Liam stießen die Fäuste in die Luft und riefen »Ja!«. Alle anderen fingen sofort an, aufgeregt darüber zu quatschen, was sie tun könnten.

Ha!, dachte ich. Niemand von denen würde auch nur die

geringste Chance gegen mich haben. Ich würde in der *Charity Challenge Week* kräftig absahnen und mehr Spenden sammeln, als *jemals irgendjemand* in der Geschichte unserer Schule gesammelt hatte!

Als es zum Schauspielunterricht ging, war ich immer noch blendend gelaunt (was noch nie zuvor passiert war). Mrs P sagte, wir sollten da weitermachen, wo wir beim letzten Mal mit unserer Karton-Story aufgehört hatten. Alle schienen genau zu wissen, was sie taten – außer Nadima und mir. Wir hatten bisher noch nicht mal eine Idee.

Nadima holte ihr Heft und einen Kugelschreiber raus. »Wir machen Story, ja?«, sagte sie.

Ja, genau, so einfach ist es, dachte ich. Damit ihr es wisst, ich bin absolut mies darin, Geschichten zu erfinden. Ich weiß buchstäblich nicht, wie das geht.

Ich hob die Hand und Mrs P rauschte mit flatterndem Kaftan zu uns her.

»Es ist unmöglich«, sagte ich ihr. »Nadima kann einfach nicht genug Englisch, um sich eine Geschichte auszudenken.«

»Was ist mit der Idee, an der ihr letzte Woche gearbeitet habt?«, fragte sie, raffte die Falten ihres Kaftans und setzte sich auf den Boden.

Ich zuckte zusammen, als mir klar wurde, dass sie damit meinen Lokum-Plan meinte. »Äh, die hat nicht funktioniert«, sagte ich ehrlich.

»Nun, dann müsst ihr euch eben eine neue ausdenken«, ließ Mrs P uns wissen.

»Aber ich habe keine Ahnung, wo ich anfangen soll!«, jammerte ich.

Nadima sah mich mit hochgezogenen Augenbrauen an, und

der Rest der Klasse schaute herüber, zweifelsohne in der Hoffnung, dass hier gleich ein echtes Theater losging.

»Ach, dabei kann ich euch helfen«, erklärte Mrs P. »Einen Anfang für eure Story finden wir schnell. Gibt es etwas, das ihr beide mögt? Hmmm?«

Warum denkt sie, dass ich wüsste, was Nadima mag?

Ich weiß eine Menge über Lily – ihre Lieblingsfarbe (Türkis), ihre Glückszahl (7), ihre Lieblingspizza (Schinken und Ananas). Ich weiß, welche Bands, Filme und sogar welche Bücher sie mag. Ich weiß, dass sie Eislaufen liebt und sich immer schon ein Palomino-Pony gewünscht hat, das sie *Sternchen* nennen würde. Aber woher sollte ich wissen, was Nadima mag?

Aber da ich genial bin, erinnerte ich mich an unser erstes Emoji-Gespräch. »Augenblick«, rief ich, holte mein Handy heraus und scrollte rasch durch unsere Nachrichten. »Ich kann Ihnen genau sagen, was wir beide mögen«, sagte ich zu Mrs P. »Musik und Tanzen und Kinobesuche … und Popcorn und Burger und Pommes … und Pizza und Kuchen und Eis … und Schokolade«, zählte ich auf. Dann erinnerte ich mich an unsere BFF-Armbänder und fügte hinzu: »Und Schmuck.«

»Großartig! Großartig«, freute sich Mrs P. »Ihr mögt also beide Schmuck und die Geschichte soll von einem Karton handeln. Also …?« Sie sah mich erwartungsvoll an.

»Äh … könnten wir über eine Schatzkiste schreiben.«

»Ja! Ausgezeichnet! Ihr könntet zum Beispiel mit ein paar Juwelen oder einem Schatz anfangen! Wie wäre es, wenn sehr wertvolle Schmuckstücke verschwinden oder gestohlen werden?«, sagte sie aufgeregt.

»Sie meinen, wenn jemand die Kronjuwelen stehlen würde?«, fragte ich sarkastisch.

Ohne auf meinen Tonfall zu achten, sagte Mrs P: »Sicher, warum nicht? Ja, das ist sogar hervorragend! Eine wunderbare Idee. Denkt euch eine Geschichte aus über den Diebstahl der Kronjuwelen!«

Mit diesen Worten raffte sie ihren Kaftan, erhob sich und zog weiter.

Was für eine total bescheuerte Idee, dachte ich. Aber es war besser als gar nichts, also seufzte ich aus tiefstem Herzen, holte mein Handy raus, googelte »Kronjuwelen« und zeigte Nadima das Bild.

»Aha! Ja! Kronjuwelen. Königliche Familie. Königin Elizabeth. Buckingham Palace!«, sagte sie mit einem breiten Grinsen.

Ich musste laut loslachen. Es war irre, was für Wörter sie kannte. Aber ich schätze, das sind Wörter, die viele Touristen kennen. Nicht, dass sie eine Touristin war.

»Wir müssen uns eine Story ausdenken über jemanden, der versucht, die Kronjuwelen zu stehlen«, erklärte ich.

»Ich verstehe nicht«, sagte sie. Also habe ich in mein Handy »stehlen« getippt und ihr das kurdische Wort gezeigt.

Sie gab vor zu keuchen und scherzte: »Wir *stehlen* Kronjuwelen? Josie! NEIN!«

Dann lachten wir los. Weiter kamen wir nicht, denn Mrs P bat einige der Gruppen, allen zu zeigen, was sie bisher erarbeitet hatten.

Natürlich begann sie mit ihrer Lieblingsschülerin. Also mussten wir alle Kara und Lily dabei zusehen, wie sie unter melodramatischen Umständen im Schnee ein Baby fanden. Kara war natürlich der Star, also diejenige, die das Baby fand. Lily machte im Hintergrund Geräusche von fallendem Schnee.

»Wusch, wuuuuuuuuuu, wuuuuuuuuusch«, hauchte sie.

Kara tat so, als würde sie ein Baby an sich drücken und gegen einen Sturm ankämpfen, bis Lily plötzlich angesprungen kam und wie ein Bär oder ein Yeti oder so zu knurren begann.

Kara spielte, dass sie erschrak, wiegte das Baby in den Armen und duckte sich. Aber dann fing sie an zu singen und den Yeti (oder den Bären oder was auch immer) zu zähmen. Also legte sich Lily auf den Boden und dann war der Spuk zum Glück vorbei.

»Das ist alles, was wir haben.« Kara tat furchtbar bescheiden.

»Wunderbar, wunderbar!«, trällerte Mrs P und klatschte wie verrückt.

Die ganze Klasse wand sich vor Scham.

Dann nahm sie Liam und Ryan dran. Sie standen auf und spielten einige actiongeladene Szenen aus *Star Wars* oder so. Sie rannten die ganze Zeit herum und schrien sich verrückte Sachen zu wie: »Nimm das!« und »Aaaaargh!« und »KAWUMM!« und »BSCHHHHHHHHH!« Es war total verwirrend, aber es endete mit einem epischen Lichtschwerter-Kampf (mit enormen Soundeffekten), bei dem beide umkamen und sich dabei sehr überzeugend in Todeskämpfen wanden. Alle applaudierten wie verrückt. Daraufhin sprangen sie beide auf und verneigten sich theatralisch.

Mrs P war sprachlos.

Kara war rasend eifersüchtig. »Was hat das denn mit einem Karton zu tun?«, wollte sie wissen.

(Lach!)

Zum Glück klingelte es, bevor Mrs P noch jemanden an die Reihe nehmen konnte.

Also schnappten sich alle ihre Taschen und drängten zur Tür.

»Gut gemacht, Klasse 7«, trällerte Mrs P. »Ich freue mich schon sehr auf eure Story, Josephine!«, rief sie uns nach, als Nadima und ich den Flur entlangflüchteten.

Ehrlich gesagt weiß ich nicht, wie Nadima und ich uns eine Story darüber ausdenken sollen, wie man die Kronjuwelen stiehlt. Es wäre sogar einfacher, die Kronjuwelen tatsächlich zu stehlen.

HASST du es nicht auch, wenn Lehrer dir eine Aufgabe stellen, die völlig unmöglich ist? So ist die Blamage vorprogrammiert, und das vor der ganzen Klasse. Denken die denn überhaupt nicht nach, bevor sie solche idiotischen Projekte ins Leben rufen?

Anscheinend nicht.

Wenn ich das Schauspiel-Projekt für idiotisch hielt, dann stand mir bei der Hausaufgabe, die uns unsere Geschichtslehrerin aufgab, ein totales Fiasko bevor.

NOCH IDIOTISCHER GING ES ÜBERHAUPT NICHT MEHR.

Familien

In Geschichte nahmen wir die Tudors durch. Soweit ich es bisher mitbekommen hatte, ging es vor allem darum, sämtliche Ehefrauen von Heinrich VIII. auswendig zu lernen. Von einigen ließ er sich scheiden, andere ließ er köpfen oder er raubte ihnen sämtliche Klöster. Was für ein Charmebolzen!

Aus irgendeinem blöden Grund hatte unsere Geschichtslehrerin Mrs B den Einfall, uns als Hausaufgabe alle unseren eigenen Familienstammbaum zeichnen zu lassen. In der Mittagspause führte Kara deswegen sofort ein Riesendrama auf. Wir hatten gerade erst aufgegessen, als sie loslegte. Sie warf ihre Haare zurück und verkündete: »Ich weigere mich. Ich werde meinen ätzenden Stiefvater und seine schrecklichen Kinder nicht in meinen Stammbaum aufnehmen, sonst sieht es noch so aus, als wären wir alle eine große glückliche Familie!«, regte sie sich auf.

»Kannst du sie nicht einfach weglassen?«, schlug Chloe vor.

»Selbst wenn ich das tue – wo soll ich dann meinen Vater hinstellen?«

»Müsstest du ihn denn nicht neben deine Mutter stellen?«, fragte Elly.

»Das geht auf keinen Fall«, jammerte Kara. »Es wird so aussehen, als wären sie noch verheiratet – und das sind sie schließlich nicht.«

»Warum fügst du nicht einfach als kleine Randnotiz hinzu, dass sie geschieden sind?«, fragte Lily.

Kara fuhr wütend herum. »*Eine kleine Randnotiz hinzufügen*? Denkst du etwa, so eine *kleine Notiz* könnte beschreiben, was es bedeutet, wenn deine Eltern sich scheiden lassen.«

»So habe ich es nicht gemeint.« Lily wurde knallrot. »Ich meinte nur, dass es eine Möglichkeit geben muss, eine Scheidung in einem Stammbaum einzutragen. Warum fragst du nicht andere, wie sie das machen. Zum Beispiel Josie. Ihre Eltern sind auch geschieden!«

»Lily!«, rief ich aufgebracht.

»Echt?«, fragte Chloe.

»Das wusste ich nicht«, sagte Elly.

»Danke, Lil!«, sagte ich. »Warum erzählst du es nicht allen?«

»Wo liegt das Problem? Es ist kein Geheimnis«, fuhr sie mich an.

»Deswegen will ich aber noch lange nicht, dass alle darüber tratschen.«

»Ihr macht beide viel zu viel Getue deswegen!«, meinte sie.

»Woher willst du das wissen? Nicht jeder hat das Glück, eine so perfekte Familie zu haben wie du«, gab ich zurück.

Lily sah aus, als hätte ich sie geschlagen. Dann legte Kara einen Arm um sie und schnauzte mich an: »Sei nicht so gemein, Josie!«

»Du hast doch damit angefangen«, brauste ich auf.

Kara erwiderte nichts. Sie war zu sehr damit beschäftigt, Lily zu trösten.

Also echt, ich weiß nicht, warum ich versuche, nett zu Kara zu sein. Es läuft immer darauf hinaus, dass sie so etwas macht. Sie schafft es jedes Mal, sich zwischen mich und Lily zu stellen.

Ich ging.

Wie war das überhaupt passiert? Wieso war ich plötzlich im Unrecht, wo doch Kara zuerst gemein zu Lily gewesen war?

Natürlich gab Kara mir den Rest des Tages keine Gelegenheit mehr, mit Lily zu reden, also schrieb ich ihr im Schulbus eine Nachricht.

Lil
Es tut mir wirklich leid, was ich
über deine Familie gesagt habe.
Ich habe es nicht so gemeint.
Ich war nur sauer, weil

Aber dann wurde mir klar, dass ich das nicht schreiben konnte, denn der Grund war gewesen, dass Lily allen von meinem Vater erzählt hatte. Wenn ich das erwähnte, würde es alles nur noch schlimmer machen. Also löschte ich den angefangenen Satz und drückte auf *Senden.*

Je mehr ich über die Stammbaum-Hausaufgabe nachdachte, desto mehr ging sie mir an die Nieren. Ich war immer gut damit klargekommen, keinen Vater zu haben. Ich erinnere mich nicht mal mehr an ihn, weil er uns verlassen hat, als ich noch ganz klein war. Aber es gibt einige Dinge, die sind einfach zu persönlich. Ich wollte ihn absolut nicht in meinem Stammbaum haben und konnte total verstehen, warum Kara ihren Stiefvater in ihrem Stammbaum am liebsten auch weglassen wollte. Ich überlegte, ob ich mit Mum darüber reden sollte, aber ich befürchtete, dass es sie verstören könnte. Sie redet nie über meinen Vater.

Dann wurde ich wütend. Warum glaubt meine Geschichtslehrerin, sie hätte das Recht, etwas über mich und meine Familie zu erfahren? Wie würde es ihr gefallen, wenn ich sie fragen würde, ob sie geschieden sei oder ob ihr Exmann wieder geheiratet hätte? Wir wissen nichts über das Privatleben unserer Lehrer – wie kommt es also, dass sie ihre Nasen in unsere Angelegenheiten stecken dürfen?

»G« wie »gestorben«

Ich hatte versprochen, Nadima mit ihrem Stammbaum zu helfen, also ging ich am Donnerstagabend zu ihr, nachdem ich das Abendessen gemacht hatte. (Huhn in Barbecue-Soße mit Pommes frites *und* Salat. Da staunt ihr, was?) Nadimas Mutter trug Sami gerade nach oben. Er streckte seine Arme nach mir aus. »Josie! Josie!«, verlangte er.

Nadimas Mutter warf mir einen fragenden Blick zu. »Ist okay?«, fragte sie.

Ich grinste, nahm Sami und setzte ihn mir auf die Hüfte.

»Ist Badezeit«, sagte Nad, also gingen wir nach oben ins Bad.

Im Bad waren die Seitenwand der Wanne und die Fliesen darüber mit bunten Schaumstoffbuchstaben beschriftet. Sie bezeichneten die englischen Begriffe für Sachen wie »Wasserhahn«, »Seife«, »Waschbecken« und »Toilette«.

Nadima ließ ein Bad ein und setzte Sami in die Wanne. Dann machte ich Seifenblasen und er durfte sie anstupsen. Jedes Mal, wenn sein kleiner Finger eine Blase platzen ließ, rief ich »Plopp!« und er lachte sich schier kaputt.

»Sami, sag ›plopp!‹«, sagte ich. Er schaute Nadima an, dann wieder mich und dann spitzte er seine niedlichen Lippen und sagte: »Plopp!« Das war sooo süß. Nachdem wir ihn abgetrocknet hatten, zogen wir ihm eine Windel und einen Strampelanzug an. Es war ein unglaublich niedlicher Strampler, bedruckt mit lauter Schlappohrhasen.

»Hasen!«, sagte ich zu Sami und deutete auf sie.

Nadima runzelte die Stirn. »Nein, Josie, sind Kaninchen!«

Ernsthaft?! Ihr Englisch ist inzwischen so gut, dass sie sogar mich korrigiert!

Nachdem Sami im Bett lag, legten Nad und ich mit der Hausaufgabe los. Wir saßen am Tisch im Wohnzimmer, während Nadimas Mutter Rasha zu Bett brachte. Ich hatte vor, meinen Stammbaum zuerst zu zeichnen, dann könnte Nad ihn abmalen.

Ich begann mit meiner Mutter. »Kate Watson. Meine Mum«, sagte ich und schrieb ihren Namen mitten aufs Blatt. Daneben fügte ich ihr Geburtsdatum hinzu. »Ihr Geburtstag«, sagte ich.

Nadima nickte.

Dann setzte ich ein kleines »v« neben den Namen meiner Mutter und schrieb »Tom Watson«. Mein Vater. Sein Geburtsdatum konnte ich nicht angeben, da ich es nicht kannte. »Das ›v‹ bedeutet verheiratet«, erklärte ich.

»Ja. Verheiratet.« Nadima nickte. »Kate Watson heiratete Tom Watson«, sagte sie und deutete auf die Namen, um zu zeigen, dass sie es verstanden hatte.

»Ja. Nein! Warte. Augenblick mal!«, sagte ich. Mir war klar geworden, dass ich einen Fehler gemacht hatte. Ich strich nach »Kate« das »Watson« durch und schrieb stattdessen »Cooper«. »Meine Mutter hieß ›Cooper‹«, erklärte ich. »Bevor sie meinen Vater heiratete.«

Dann zog ich von dem »v« einen Strich nach unten und darunter einen weiteren Strich senkrecht dazu und schrieb die Namen meiner Brüder darauf und dann meinen.

»Siehst du? Das bedeutet, dass wir ihre Kinder sind«, erklärte ich.

»Ja, okay.« Dann zeigte sie auf den Namen meines Vaters. »*Tom Watson*. Er ist dein Vater?«, fragte sie langsam.

»Ja«, antwortete ich.

Sie sah mich erwartungsvoll an. »Er nicht da?«, fragte sie sanft.

»Nein«, sagte ich. »Er hat uns verlassen. Er ist weggegangen.«

»Oh«, sagte sie und seufzte dann erleichtert. »Ich dachte, er vielleicht tot.«

»Nein!«, rief ich. »Sie sind geschieden. Nicht mehr verheiratet.«

»Ist traurig«, sagte Nadima und ihre dunklen Augen bekamen einen mitleidigen Ausdruck.

»Es ist schon ewig her.« Ich zuckte die Achseln. »Wir sehen ihn nie.«

Sie machte ein entsetztes Gesicht und sagte: »Oh, Josie. Ist noch trauriger.« Dann legte sie den Arm um mich.

Es ist seltsam, aber ich war mir dessen nie bewusst gewesen. Jetzt merkte ich, dass es wirklich traurig war. Er hat uns kurz nach meiner Geburt verlassen und wir haben ihn seitdem nicht mehr gesehen. Er macht sich nicht einmal die Mühe, uns Weihnachtskarten zu schicken oder sich an unsere Geburtstage zu erinnern. Er weiß nicht mal, wie ich aussehe. Wenn wir alle gestorben wären, hätte es ihn nicht interessiert. Mit einem Mal wünschte ich, ich hätte ihn nicht in meinen Stammbaum geschrieben. Zum einen, weil ich eigentlich keinen Wert darauf lege, über ihn zu reden, aber vor allem, weil er es nicht verdient hat, dort einen Platz einzunehmen. Er ist schließlich kein Teil meiner Familie.

Ich beschloss, dass ich zu Hause die Seite aus meinem Heft herausreißen und den Stammbaum noch einmal ganz von vorne anfangen würde. Ohne meinen Vater.

Schnell zeichnete ich die Linien über meiner Mutter ein und fügte die Namen meiner Oma und meines Opas hinzu. Ich hatte absolut keine Ahnung, wann sie geboren waren, das würde ich Mum fragen müssen. Aber ich wusste, wann Opa starb. Das war vor zwei Jahren. Also schrieb ich »g« und fügte das Jahr hinzu.

Nadima zeigte auf das »g«. »Was bedeutet?«, fragte sie.

»›G‹ steht für gestorben. Tot«, erklärte ich.

»Oh«, sagte sie leise.

Ich schloss das Heft und wir zeichneten Nadimas Familienstammbaum. Sie legte munter los und schrieb rasch die Namen ihrer Eltern hin, fügte Sami, Rasha und sich selbst dazu. Dann zeichnete sie Linien von beiden Eltern aus nach rechts und links und notierte die Namen ihrer Onkel und Tanten.

»Mein Onkel Tarek. Onkel Nizar. Tante Amena. Und hier meine Tante Zada und mein Onkel Sayid. Und hier mein Onkel Karam und meine Tante Ranim.«

»Du hast aber viele Onkel und Tanten!«, scherzte ich.

»Ja. Und viele Kinder!«, sagte sie.

»Kinder! Du hast Kinder?«, zog ich sie auf, indem ich so tat, als hätte ich sie missverstanden.

»NEIN! Tanten und Onkel haben Kinder.« Sie lachte.

»Cousins«, sagte ich.

»Cousins«, wiederholte sie und fügte die Namen sämtlicher Cousins hinzu.

»Du hast eine RIESIGE Familie!«, sagte ich. »Hast du Fotos von ihnen?«

Sie hielt ganz kurz inne, dann sagte sie »Ja« und öffnete den Laptop.

Bei einer so großen Familie habe ich *Hunderte* von Fotos erwartet. Aber es waren nur wenige. Sie klickte rasch durch sie durch – ein paar Kinder, die Fußball spielten, ein paar Frauen in einem Café, die Kleinkinder auf dem Schoß hielten, ein Haufen Kinder, die alle auf einem Sofa zusammengepfercht saßen und über etwas lachten, Nadimas Mutter und ihr Vater im Garten mit einem Baby.

Ich deutete auf das Baby. »Sami?«, fragte ich.

»Ja. Bei uns zu Hause.«

Das letzte Foto zeigte viele Menschen, die gemeinsam aßen. Alle lachten und strahlten.

»Das ist *Eid*«, sagte sie. »*Eid* ist große Party.«

»Das ist eine große Familie!«, meinte ich und sie lächelte.

Ich zeigte auf ein kleines Mädchen, das ein bisschen wie Nadima aussah. »Bist du das, als du klein warst?«

»Nein. Ist Ishtar. Cousin. Und das ihre kleine Schwester Amira. Kein Foto von kleinem Ich.«

»Was? Es gibt überhaupt keine Fotos von dir als Baby?«

»Nein. Wir verlieren Fotos. Diese auf Handy, als wir herkommen.«

»Nadima! Das ist ja furchtbar traurig!«, sagte ich.

Sie zuckte die Achseln, wandte sich ab und widmete sich wieder ihrem Stammbaum.

Ganz langsam und sorgfältig begann sie, kleine »g« neben die Namen einiger Tanten und Onkel zu schreiben.

»Nadima, das ›g‹ bedeutet ›gestorben‹«, erinnerte ich sie unbeholfen. »Stimmt das? Sind diese Menschen … tot?«

Sie nickte. »Ja. Ist richtig.«

Dann tropfte etwas auf das Blatt und verwischte die Tinte. Sie weinte – aber völlig lautlos. Tränen flossen ihr die Backen hinunter, aber sie schrieb weiter.

»Nadima, hör auf! Du musst das nicht machen«, sagte ich und legte den Arm um sie.

Aber sie schüttelte mich ab und begann, weitere »g« hinzuzufügen – diesmal neben einigen Namen ihrer Cousins. Inzwischen schluchzte sie so sehr, dass sie kaum noch Luft bekam.

»Nadima! Halt! Bitte hör auf!«, flehte ich und versuchte, ihr den Stift abzunehmen. Aber sie zog die Hand weg und schrieb weiter, dabei konnte sie vor lauter Tränen gar nichts sehen. Es war, als hätte sich eine Schleuse geöffnet. Sie zitterte und schluchzte, und ich konnte nichts tun, um sie zu beruhigen.

Ich rannte immer zwei Stufen auf einmal nehmend nach oben, um ihre Mutter zu holen. Sie lag auf dem unteren Stockbett neben Rasha und sang ihr leise vor. Die beiden erschraken, als ich in den Raum platzte. Ich packte Nadimas Mutter am Arm und zog.

»Kommen Sie bitte!«, drängte ich. Sie sprang panisch auf. Rasha sah erschrocken aus.

»Nadima. Sie weint!«, sagte ich.

Ich versuchte, Rasha zu bedeuten, dass sie im Bett bleiben sollte, aber sie klammerte sich an die Hand ihrer Mutter. Gemeinsam liefen wir nach unten.

Nadima lag schluchzend und keuchend mit dem Kopf auf den Armen über ihrem Heft. Rashas Augen weiteten sich angstvoll und sie begann ebenfalls zu weinen. Vorsichtig zog Nadimas Mutter sie in eine Umarmung und sprach auf Kurdisch mit ihr. Nadima antwortete schluchzend. Ihre Mutter sah sich die Hausaufgabe und das noch geöffnete Foto auf dem Laptop an, dann verzog sich ihr Gesicht langsam zu einem schmerzvollen Ausdruck, so als ob das, was sie da sah, allmählich Besitz von ihr ergriff. Sie umklammerte Nadima und Rasha und fing ebenfalls zu schluchzen an. Die drei weinten und wiegten sich hin und her.

Es war schrecklich. Ich wusste nicht, was ich tun sollte. Es schien nichts zu geben, was ich tun *konnte*. Ich ging nach oben, um nachzusehen, ob mit Sami alles in Ordnung war. Ich befürchtete, dass der Krach ihn geweckt hatte. Doch er schlief mit einem kleinen blauen Plüsch-Teddy unter dem Arm. Er atmete leise durch seinen kleinen Mund. Mum sagt immer, dass wir als kleine Kinder überall schlafen konnten – und bei jedem Lärm. »Bombensicher«, pflegte sie zu scherzen.

Aber kleine Kinder sind nicht bombensicher.

Menschen sind nicht bombensicher.

Nadimas Tanten und Onkel und Cousins waren alle nicht bombensicher.

Nachdem ich mich versichert hatte, dass Sami tief und fest schlief, ging ich wieder nach unten.

Ich stand in der Tür und beobachtete Nadimas Familie. Ihre Mutter hielt die beiden Mädchen fest in den Armen. Sie schluchzte immer noch und wiegte ihre trauernden Töchter.

Ich war nur im Weg, also ging ich und schloss die Haustür leise hinter mir, um die Familie nicht zu stören. Aber ich achtete darauf, dass sie sicher ins Schloss fiel, damit ihnen nichts passieren konnte. Dann ging ich nach Hause.

Ich habe schon viele Menschen weinen sehen. Und nicht nur kleine Kinder. Ich habe Lily weinen sehen und einige meiner anderen Freunde und ich habe alle meine Brüder weinen sehen. Ich habe sogar Erwachsene weinen sehen, wenn auch nicht sehr oft. Mum hatte auf Opas Beerdigung geweint.

Aber ich hatte noch nie jemanden so weinen sehen. Ich hatte noch nie so einen Schmerz gesehen.

Ausraster

Am nächsten Morgen, einem Freitag, stürmte ich in die Schule und geradewegs ins Lehrerzimmer. Ich machte mir nicht mal die Mühe anzuklopfen. Ich ging zielstrebig auf unsere Geschichtslehrerin Mrs B zu und schrie sie an.

Alle im Lehrerzimmer erstarrten.

»Haben Sie eine Ahnung, wie dumm diese Stammbaum-Hausaufgabe war?«, brüllte ich. »Ich war bei Nadima, um ihr zu helfen, und es stellte sich heraus, dass unheimlich viele Mitglieder ihrer Familie in Syrien gestorben sind. Unmengen! Ihr ganzer Stammbaum ist voll mit kleinen ›g‹. ›G‹ steht für ›gestorben‹«, erinnerte ich sie. »Sie haben Nadima und ihre ganze Familie völlig verstört! Sie haben geschluchzt, jawohl, geschluchzt!«

Mrs B war leichenblass geworden und alle anderen schwiegen betroffen.

»Haben Sie überhaupt nachgedacht, bevor Sie uns das aufgegeben haben?«, zeterte ich weiter. »Oder dachten Sie: ›Oh, klar, ich habe einen Flüchtling aus Syrien in meiner Klasse, also bringe ich sie dazu, einen Stammbaum ihrer ganzen Familie zu machen, mitsamt aller Geburts- und Sterbedaten.‹ Sterbedaten!«

Mrs B schlug sich die Hand vor den Mund. Sie sah fassungslos aus. Aus dem Augenwinkel konnte ich sehen, dass Mrs C auf mich zukam – aber ich war noch nicht fertig.

»Welches Recht haben Sie, in unseren Leben herumzuschnüffeln? Uns nach unseren Familiengeheimnissen zu fragen. Und uns an all die grässlichen, furchtbaren Ereignisse zu erinnern. Für wen halten Sie sich eigentlich?« Jetzt sah Mrs B aus, als würde sie jeden Augenblick in Tränen ausbrechen.

»JOSEPHINE WATSON! Das reicht!«, bellte Mrs C. »In mein Büro. Sofort.«

Mrs C verschleppte mich regelrecht in ihr Büro und knallte die Tür zu. Wie üblich setzte sie sich hin und ließ mich vor ihrem Schreibtisch stehen. Aber das war mir egal. Ich stand für Nadima ein.

»Wie kannst du es wagen, ins Lehrerzimmer zu platzen und eine meiner Lehrerinnen so anzuschreien?«, tobte sie.

»Aber sie –«

Sie hob die Hand, um mich zu unterbrechen. »Es ist völlig inakzeptabel und ich werde es nicht dulden.«

»Aber Mrs C –«

»Unterbrich mich nicht.«

Wie unfair war das denn? Sie gab mir nicht mal eine Gelegenheit, es zu erklären.

»Ich bewerte deinen Ausbruch als ›aggressives Verhalten‹ gegenüber einem Lehrer. Falls es dich interessiert: Ich könnte dich deswegen offiziell vom Unterricht suspendieren.«

Ich keuchte. Mich suspendieren?

»Hast du mich verstanden?«, fuhr sie mich an.

»Ja, aber darf ich denn erklären, warum –«

»Nein, darfst du nicht.«

»Aber das ist nicht fair!«, schrie ich.

Mrs C hob warnend eine Augenbraue, während sie eiskalt

und ruhig dasaß. »Wage es nicht, mir gegenüber laut zu werden, junge Dame. Ich habe heute Morgen schon mehr als genug von dir gehört. Du gehst jetzt in den Ruheraum und bleibst bis zur Pause dort. Ich rufe deine Mutter an und dann besprechen wir alle drei dein Verhalten. Danach entscheide ich, wie es weitergehen soll.«

Ich verließ ihr Büro und begab mich in den Ruheraum am Ende des Flurs. Dort hockte ich mit verschränkten Armen und kochte vor Wut. Sollte sie mich doch suspendieren, wenn sie wollte. War mir piepegal! Viel wichtiger war, dass ich Nadima und ihre Familie verteidigte. Außerdem wusste ich, dass Mum zu mir halten würde.

Wie hatte ich mich nur so irren können?

Wütend

Mum saß Mrs C in ihrem Büro gegenüber. Sie hatte die Lippen aufeinandergepresst und wirkte besorgt.

Ausnahmsweise durfte ich mich hinsetzen. Aber ich musste den Mund halten, während Mrs C Mum gnadenlos berichtete, was im Lehrerzimmer passiert war. Darum erfuhr Mum natürlich nur ihre Seite der Geschichte. Wie ich »hereingeplatzt« war und meine Geschichtslehrerin »auf absolut unangemessene Weise und ohne ersichtlichen Grund ohrenbetäubend angebrüllt« hatte.

Es war total unfair. Mrs C stellte es so dar, als wäre alles meine Schuld! Als ob ihre kostbare Lehrerin überhaupt nichts Unrechtes getan hätte! Aber als ich es erklären wollte, brachte Mum mich mit einem Blick zum Schweigen.

Ich sank verärgert auf meinem Stuhl zusammen und verschränkte die Arme.

Dann ereiferte sich Mrs C weiter darüber, wie »aggressiv und bedrohlich« ich gewesen sei und wie »erschüttert und aufgewühlt« die Lehrerin danach war. Man hätte meinen können, ich hätte sie körperlich angegriffen! Schließlich war Mrs C fertig und Mum wandte sich an mich.

»Josephine, ich bin einfach fassungslos und … und …« Sie rang nach Worten. »Und entsetzt von deinem Benehmen!«, sagte sie.

»Aber ich habe mich doch nur für Nadima und ihre Familie eingesetzt«, protestierte ich. »Ich habe ihr nur erzählt, was ihre dumme Hausaufgabe ihnen angetan hat!«

»Deine Lehrerin im Lehrerzimmer anzubrüllen, war nicht der richtige Weg«, rügte Mum.

»Ach, wir dürfen einer Lehrerin also nicht sagen, dass ihre blöde Hausaufgabe dumm und gedankenlos und grausam war und dass Nadimas Familie sich die Augen ausgeweint hat?«, verteidigte ich mich vehement.

»Nicht, wenn du ins Lehrerzimmer platzt und die Beherrschung verlierst«, sagte Mum.

Dann mischte sich Mrs C wieder ein. »Ich habe dich nicht in den Ruheraum gesteckt, weil du einer Lehrerin gesagt hast, dass ihre Hausaufgabe unsensibel war, Josephine, sondern weil du ihr gegenüber aggressiv geworden bist.«

»Ich war nicht aggressiv!«, brüllte ich.

»Nun, jetzt bist du aggressiv«, fuhr Mum mich an. »Reg dich endlich ab.«

Wütend warf ich mich im Stuhl zurück.

Mrs C wandte sich an Mum. »Mrs Watson, eigentlich könnte ich Josephine vom Unterricht suspendieren, aber es wäre mir lieber, wenn ich es nicht tun müsste.«

»Das wäre mir auch lieber«, sagte Mum. Sie war weiß geworden.

»Sie wird bis mittags im Ruheraum bleiben«, fuhr Mrs C fort. »Ich möchte es lieber Ihnen überlassen, sie zur Vernunft zu bringen, als sie zu suspendieren.«

»Danke«, sagte Mum. »Josephine wird sich selbstverständlich bei der Lehrerin entschuldigen.«

»Was?!«, keuchte ich. Ich konnte es nicht glauben.

Mrs C stand auf. »Vielen Dank, dass Sie gleich gekommen sind, Mrs Watson. Es ist sehr beruhigend zu wissen, dass wir die Unterstützung der Eltern haben.«

Mum nickte, dann wandte sie sich an mich. »Wir reden später darüber, Josephine«, sagte sie und verließ den Raum, ohne sich zu verabschieden. Ich hatte sie noch nie so wütend erlebt.

Ich verbrachte die nächsten beiden Stunden im Ruheraum mit Matheaufgaben. Die Zeit floss zäh dahin. Ich konnte kaum erwarten, dass dieser Tag zu Ende ging. Daheim würde mich eine gewaltige Standpauke erwarten und ich wollte sie einfach hinter mich bringen.

Sobald es zur Mittagspause gongte, ging ich Nadima suchen, um zu sehen, ob es ihr gut ging. Ich sah sie mit den anderen in die Mensa gehen.

»Nadima!«, rief ich und sie kam zu mir gelaufen.

»Josie! Ist in Ordnung?«, erkundigte sie sich besorgt.

»Ja! Alles ist gut«, schwindelte ich. Ich wollte jetzt nicht über mich reden. »Ist bei dir alles in Ordnung?«, fragte ich sie. »Und mit deiner Mutter und Rasha? Geht es euch allen gut? Ich meine, nach gestern Abend.«

Ihre ängstliche Miene entspannte sich und sie lächelte mich an. »Ja. Danke, Josie. Ja, ja. Wir okay.«

»Ich habe mir Sorgen gemacht. Ihr wart alle so aufgebracht.«

Sie zuckte die Achseln. »Ist traurig. Ist sehr traurig. Wir weinen. Viel.«

Ich nickte und wollte meinen Arm um sie legen. Aber stattdessen hakte sie mich unter.

»Heute ist neuer Tag«, sagte sie. »Ist Mittagessen! Ich bin hungrig. Also komm.« Sie zog mich zur Mensa.

Die anderen hatten uns ein paar Plätze frei gehalten. Sobald ich mich hingesetzt hatte, stürmten sie auf mich ein. Natürlich wussten sie, wo ich gewesen war. Aber sie wussten nicht, warum. Niemand aus unserer Klasse war je im Ruheraum gewesen und die Gerüchteküche kochte über.

»Jemand hat gesagt, du wärst ins Lehrerzimmer gestürmt und hättest eine Lehrerin geschlagen!«, meinte Kara aufgeregt und mit glänzenden Augen.

»War es Mr J?«, fragte Chloe.

»Ich wette, der war es!«, rief Elly.

»Ich habe niemanden geschlagen!«, stellte ich richtig.

»Was ist dann passiert?«, fragte Lily. »Es muss etwas ziemlich Ernstes gewesen sein.«

»Fliegst du von der Schule?«, fragte Chloe atemlos.

»Nein, natürlich nicht!«, brauste ich auf. Daraufhin sah sie – und das ist kein Witz – allen Ernstes enttäuscht aus!

Wie taktlos war das denn?

Sie waren alle die reinsten Geier!

Also fing ich an, ihnen genau wiederzugeben, was ich zu Mrs B gesagt hatte. Als ich zu der Stelle kam, an der ich sie daran erinnerte, dass Nadima aus Syrien stammte, fiel mir Lily ins Wort.

»Syrien?«, sagte sie und fügte an Nadima gerichtet hinzu: »Du kommst aus Syrien?«

Alle verstummten und starrten Nadima an. Niemand wusste etwas zu sagen. Sogar Elly und Chloe hatten gehört, was in Syrien geschah. Und ausnahmsweise wurde Kara mal nicht melodramatisch.

Nadimas Blick wanderte von einem zum anderen. Ich glaube, sie hatte Angst davor, wie sie reagieren würden. Ich wünschte, ich hätte Syrien gar nicht erwähnt. Darum sagte ich: »Ich glaube nicht, dass Nadima über Syrien sprechen will. Es ist sehr schlimm dort.«

Lily lehnte sich über den Tisch und ergriff Nadimas Hand. »Ich habe es in den Nachrichten gesehen«, sagte sie. »Es sieht schrecklich aus.«

»Ja. Ist sehr schlimm«, sagte Nadima leise.

»Du musst nicht darüber reden, wenn du nicht willst«, sagte Lily.

Nadima nickte knapp und lächelte tapfer.

Einfach dumm!

Ich lag auf meinem Bett und fürchtete mich vor dem Moment, wenn Mum nach Hause kam.

Als ich ihren Schlüssel im Schloss hörte, war ich wie gelähmt. Sie würde AUSFLIPPEN! Sie schrie, ich solle herunterkommen, bevor sie überhaupt die Haustür geschlossen hatte. Dann ging sie ins Wohnzimmer und wir saßen weit auseinander an beiden Enden des Sofas.

»Ich bin nicht wütend, Josie«, fing sie an.

Doch, das bist du!, dachte ich.

Sie fuhr fort: »Was die Hausaufgabe anbetraf, hattest du recht. Du hattest absolut recht.«

»Warum hast du dann nicht zu mir gehalten?«, wollte ich wissen.

»Weil du es vermasselt hast, indem du sämtliche Geschütze aufgefahren hast! Jetzt geht es also nicht mehr darum, wie unsensibel die Hausaufgabe war –«

»Wie dumm und unsensibel die Hausaufgabe war«, warf ich ein.

»Jetzt geht es darum, dass du deine Lehrerin angeschrien hast. Und das war dumm. Und falsch!«

»Ich war wütend«, murmelte ich.

»Ich weiß, aber wütend zu werden, ist nicht der richtige Weg, um Dinge zu klären. Solange du wütend bist, ist nicht der geeignete Zeitpunkt, um etwas zu klären!«

Ich saß mit verschränkten Armen da und antwortete nicht.

Sie seufzte. »Ich mache mir Sorgen um dich, Josie. Du bringst dich immer wieder selbst in Schwierigkeiten.«

»Ich bringe mich nicht *selbst* in Schwierigkeiten«, widersprach ich.

»Allerdings tust du das. Du verstößt andauernd gegen die Regeln.«

»Nur gegen die dummen Regeln. Überhaupt weiß ich meistens nicht einmal, dass es diese Regeln gibt.«

»Ich weiß, dass die Schule ein bisschen schwierig sein kann, und vielleicht war es für dich auch nicht so einfach, den Stammbaum zu machen, weil du –«

»DAS HAT NICHTS MIT MEINER LEGASTHENIE ZU TUN!«, schrie ich. Sie wich zurück. »Und die Schule ist nicht schwierig für mich. Ich habe gerade eine Mathe-Medaille gewonnen – das ist mehr, als die Jungs je geleistet haben«, erinnerte ich sie.

»Ich versuche, dir zu helfen, Josie. Wenn du so weitermachst, schaffst du es noch, dass du suspendiert wirst.«

Ich hörte wohl nicht richtig!

»Ich *schaffe es*, suspendiert zu werden?«, regte ich mich auf. »Kinder *schaffen* das nicht, es sind die Lehrer, die einen suspendieren. Und Mrs C, die mir, falls du es nicht gemerkt hast, nicht einmal Gelegenheit gegeben hat, mich zu verteidigen!«

Ich stand auf und stürmte aus dem Raum.

»Josie! JOSIE!«, rief Mum. »Wir sind noch nicht fertig.«

»Doch, das sind wir«, brüllte ich und stampfte in mein Zimmer. Ich warf mich aufs Bett und schäumte vor Wut.

Den ganzen Abend pingte mein Handy, weil alle mir schrieben und wissen wollten, ob es mir gut ging. Wie schön, dass wenigstens meine Freunde sich um mich sorgten, wenn Mum es schon nicht tat.

Beim Abendessen war ich ziemlich still. Mum verhielt sich, als sei alles in Ordnung, ratschte mit den Jungs und versuchte, mich ins Gespräch zu ziehen. Aber ich ignorierte sie.

Den Rest des Abends blieb ich in meinem Zimmer und schrieb meinen Freundinnen. Ich dachte, Mum würde nach mir sehen, aber sie kam nicht. Also schlüpfte ich ins Bett, ohne noch mal runterzugehen und Gute Nacht zu sagen.

Und dann lag ich eine Ewigkeit hellwach da. In meinem Kopf ratterte alles herum, was passiert war. Schließlich hörte ich Mum ins Bett gehen, aber sie klopfte nicht einmal an meine Tür. Also stand ich auf und ging zu ihr. Ich wollte mich nicht bei ihr entschuldigen. Ich wollte nur etwas richtigstellen.

»Ich möchte wegen der Stammbaum-Hausaufgabe etwas klarstellen«, sagte ich.

»Okay.« Sie setzte sich auf und klopfte neben sich aufs Bett.

Ich setzte mich mit überkreuzten Beinen neben sie. »Ich hatte wirklich kein Problem damit, die Hausaufgabe zu machen. Schaubilder kann ich gut. Aber ich hatte ein Problem damit, es tun zu *müssen*. Ich finde, dass die Lehrer nicht das Recht haben sollten, uns zu nötigen, ihnen Dinge über uns zu erzählen – persönliche Dinge, die wir ihnen vielleicht gar nicht erzählen wollen. Ich habe mich nicht nur wegen Nadimas Familie aufgeregt. Kara war auch aufgebracht. Sie wollte weder ihren Stiefvater noch seine Kinder in den Stammbaum eintragen müssen. Oder ihren echten Vater weglassen, nur weil sie nicht wusste, wie sie kenntlich macht, dass ihre Eltern geschieden sind.«

Mum war einen Moment lang still, dann fragte sie: »Hast du deinen Vater in deinen Stammbaum eingetragen?«

Das brachte mich kurz aus dem Konzept. »Ja«, sagte ich. »Aber ich werde den Stammbaum noch mal ohne ihn zeichnen.«

»Oh, toll!« Sie lachte. »Deine Lehrerin wird denken, dass ich vier Kinder bekommen habe, ohne je verheiratet gewesen zu sein. Na, da werden sie im Lehrerzimmer etwas zu tratschen haben!«

»Genau das meine ich!«, rief ich. »Es geht sie nichts an!«

Dann wurde sie ernst. »Du musst ihn nicht eintragen, wenn du nicht willst.«

»Das werde ich auch nicht. Warum sollte ich? Er gehört nicht zu unserer Familie. Ich kann mich ja nicht mal mehr an ihn erinnern.«

Sie ging zum Kleiderschrank, kramte hinter der Weihnachtsdekoration die Kiste mit Familienfotos heraus und stellte sie aufs Bett. Dann suchte sie ein Bild von ganz unten heraus und gab es mir.

»Das ist dein Vater«, sagte sie.

»Ich wusste nicht, dass du ein Foto von ihm hast. Warum hast du es mir nicht schon früher gezeigt?«

Sie zuckte die Achseln. »Du hast nie danach gefragt.«

Sie hatte recht. Ich hatte vorher noch nie danach gefragt. Das wusste ich. Ich hatte mich noch nie für ihn interessiert. Erst jetzt. Vermutlich wegen der blöden Stammbaum-Hausaufgabe.

Ich nahm das Foto. »Er sieht aus wie Matt!«

»Ja, nicht wahr?« Sie lächelte. »Du kommst mehr nach mir. Pech gehabt«, scherzte sie.

Ich betrachtete das Foto. Der lächelnde Mann darauf wirkte recht nett. Aber das war er nicht. Sonst hätte er uns nämlich nicht im Stich gelassen.

Mum ging den Rest der Fotos durch. »Hier ist eins meiner Lieblingsfotos«, sagte sie. «Matts erster Geburtstag.« Sie reichte mir das Foto eines Babys, das mit schokoladeverschmiertem Gesicht in einem Hochstuhl saß.

Ich lachte. »Woher weißt du, wer unter der Schokoladenmaske ist?«

»Werd nicht frech!«, sagte sie. »Nachdem ich herausgefunden hatte, wie viel Geschmiere ein kleines Baby mit einer Handvoll Milchschoko-Drops anrichten kann, habe ich danach nur noch welche aus weißer Schokolade gekauft.«

Auch wenn sie das Foto meines Vaters ganz unten in der Kiste vergraben hatte, fragte ich mich, warum sie es überhaupt aufgehoben hatte.

»Vermisst du ihn? Meinen Dad, meine ich.«

Sie setzte sich neben mich aufs Bett. »Nein, ich vermisse ihn nicht. Obwohl ich es schon irgendwie vermisse, einen Ehemann zu haben«, meinte sie nachdenklich. »Es war manchmal hart, euch alleine großzuziehen. Aber ihn selbst vermisse ich nicht!«

So ging es mir auch. Ich vermisste meinen Vater nicht – aber ich vermisste es, einen Vater zu haben.

Ich wusste, dass es albern war, aber plötzlich war ich auf alle neidisch, die einen Vater haben. Besonders auf Lily. Sie hat einen großartigen Vater. Und sieh dir Kara an – sie hat gleich zwei! Auch wenn das ihr Leben ein bisschen durcheinanderbringt. Ihr Vater ist wenigstens hiergeblieben, nachdem sich ihre Eltern scheiden ließen. Und dann ist da noch Nadima. Ich weiß, ich sollte auf Nadima nicht eifersüchtig sein, nach allem, was sie durchgemacht hat, aber ich war es. Ihr Vater scheint sehr nett zu sein und irgendwie … oh, ich weiß nicht, beständig und zuverlässig und … na, eben einfach da.

Dann sah ich Mum, wie sie durch die Familienfotos blätterte, und dachte mir: Wer braucht schon einen Vater, wenn er eine tolle Mutter wie meine hat?

Ich legte meine Arme um sie und zog sie an mich. »Ich liebe dich, Mum.«

»Ich liebe dich noch mehr«, sagte sie mit einem Lächeln und erwiderte meine Umarmung.

Charity Challenge Week

Am Montagmorgen ging ich als Erstes ins Lehrerzimmer. Ich war sooo was von überhaupt nicht scharf darauf. Es gibt nichts Schlimmeres als einen hämischen Lehrer, oder?

Anscheinend gibt es doch etwas.

Es ist ein ganzer Raum voller hämischer Lehrer.

(Stöhn!)

Aber ich habe es trotzdem durchgezogen und mich entschuldigt. Und irgendwie schaffte ich es sogar, dabei zu klingen, als würde ich es aufrichtig meinen. (Was natürlich nicht der Fall war.)

Als ich endlich ins Klassenzimmer kam, stand Nadima im Mittelpunkt der Aufmerksamkeit. Es stellte sich heraus, dass Mrs B ihren Eltern gemailt hatte, um ihnen mitzuteilen, wie leid es ihr tat, dass die Geschichts-Hausaufgabe ihnen so viel Kummer bereitet hatte.

Was?, dachte ich. Sie hätte sich dafür entschuldigen sollen, dass sie die blöde Hausaufgabe überhaupt aufgegeben hat. Aber es war wohl besser als nichts.

In dem Moment kam unsere Klassenlehrerin herein, also setzten wir uns alle. Vor meinem geistigen Auge sah ich plötzlich dieses geniale Bild, wie unsere Geschichtslehrerin vor Mrs Cs Schreibtisch stand, während Mrs C sie rügte.

»Denkst du, Mrs B hat eine Standpauke bekommen?«, flüsterte ich Lily zu.

Sie grinste. »Jap!«

»Geschieht ihr recht!«

»Noch mal jap!«

Das brachte mich zum Lächeln.

Aber noch mehr lächelte ich über das, was Mrs W als Nächstes sagte.

»Also, 7R. Die *Charity Challenge Week* hat angefangen. Das bedeutet, dass heute Vormittag kein Unterricht stattfindet.«

Alle jubelten.

Die *Charity Challenge* war meine Chance zu glänzen!

»Ich hoffe, dass ihr alle eine Menge toller Ideen mitgebracht habt, wie ihr Spenden sammeln könnt. Ihr werdet in Sechserteams eingeteilt«, sagte Mrs W.

Sofort riefen alle durcheinander und fuchtelten herum, bis Mrs W sagte: »Beruhigt euch, ich habe die Teams bereits zusammengestellt.«

Die ganze Klasse brach in empörtes Geheul aus.

»Das ist nicht fair!«

»Warum können wir unsere Teams nicht selbst aussuchen?«

»Weil die *Charity Challenge Week* wichtig ist. Es geht darum, wie ein Unternehmer zu denken und ernsthafte Geschäftsideen zu entwickeln, die so viel Geld wie möglich für wohltätige Zwecke erwirtschaften. Es geht nicht darum, mit euren Freunden herumzuhängen«, verkündete Mrs W großspurig.

Alle in der Klasse lehnten sich mies gelaunt zurück und schauten gelangweilt drein.

»Was soll das denn? Kopf hoch!«, sagte Mrs W. »Das Team mit den meisten Einnahmen bekommt Preise.«

Daraufhin setzten sich alle mit gierigem Glitzern in den Augen wieder aufrecht hin.

»Jedes Mitglied des Gewinnerteams erhält einen Büchergutschein«, verkündete Mrs W.

Ein Büchergutschein?!, dachte ich. *Ernsthaft? Was soll ich denn mit einem Büchergutschein? Ich hätte lieber Bargeld!* Und ich bin mir ziemlich sicher, dass auch der Rest der Klasse so dachte, aus der Art und Weise zu schließen, wie alle stöhnten und sich wieder zurücklehnten.

(Lach!)

Und dann fügte Mrs W eifrig hinzu: »Und obendrein dürfen sie bestimmen, welche ortsansässige Wohltätigkeitsorganisation das gesamte Geld bekommt, das an der Schule gesammelt wurde.« Selbst diese große Ehre ließ die Schüler der 7R nicht gerade vor Begeisterung von den Stühlen springen.

Nadima und ich kamen in ein Team mit Liam und Ryan und Lily und … Kara.

Was für eine Freude.

Liam und Ryan störten mich nicht. Mit den beiden hat man immer etwas zum Lachen, und ich dachte mir, dass sie so ziemlich alles tun würden, was ich ihnen auftrug. Und natürlich freute ich mich, dass ich mit Nadima und Lily zusammen war. Aber ich wusste einfach, dass Kara mir das Leben zur Hölle machen würde. Und rate mal! Ich hatte absolut recht.

»Eure erste Aufgabe besteht darin, euch für ein Projekt zu entscheiden«, sagte Mrs W. »Setzt euch dazu bitte in Gruppen zusammen. Ihr habt bis zur Pause Zeit. Für den Fall, dass einer

Gruppe nichts einfällt, habe ich ein paar Ideen mitgebracht.« Sie hielt einen schäbigen alten Ordner hoch.

»Wir müssen etwas tun, womit wir Geld verdienen«, erklärte ich Nadima. Sie nickte.

»Zum Beispiel Autos waschen«, sagte Ryan.

»Eigentlich ist das keine schlechte Idee«, meinte Liam.

»Ich weigere mich, Autos zu waschen«, ließ Kara ihn wissen.

»Nein«, sagte Nadima mit ernster Miene. »Ist schlechte Idee. Macht Fingernägel kaputt.«

Ich schnaubte laut.

»Richtig«, sagte Kara, ignorierte mich und übernahm die Führungsrolle. Sie holte ihren Terminplaner heraus, öffnete eine der letzten Seiten und tippte mit einem Stift auf die Seite. »Ideen?«, forderte sie uns auf.

»Wie wär's mit Kuchenverkauf?«, sagte Lily.

»Lehrer nass spritzen?«, schlug Ryan vor.

»Luftgitarrenwettbewerb!«, rief Liam.

Sofort sprangen er und Ryan auf und spielten imaginäre Gitarren – natürlich mit sämtlichen Soundeffekten.

»Ryan und Liam, SETZT EUCH!«, rief Mrs W.

»So viel Zeit haben wir nicht«, meinte ich lachend, als die Jungs sich wieder hinsetzten. Jede Gruppe bekommt nämlich für ihr Projekt immer nur zwei Stunden in der Aula. Wir waren am Donnerstagnachmittag eingeteilt. »Außerdem sind eure Gitarren sowieso verstimmt!«

Es wurde Zeit, dass ich meine genialen Ideen einbrachte.

»Wie wäre es mit ›Verkleide dich als Zombie‹? Alle werden mitmachen wollen, und wenn wir von jedem der tausendfünfhundert Schüler ein Pfund verlangen, verdienen wir £ 1500.«

Ryan und Liam waren sofort dafür, und ich sah Lily an, dass sie es ebenfalls für eine gute Idee hielt, aber Kara zog einen Flunsch. »Das würde keins der Mädchen mitmachen«, meinte sie.

Sie irrte sich übrigens, aber das machte nichts, denn ich hatte noch viel mehr Ideen. »Na gut. Wie wäre es mit einer Tombola für etwas richtig Tolles, zum Beispiel eine PlayStation?«

»Und wo kriegen wir eine PlayStation her?«, spottete Kara.

»Wir finden einen Laden am Ort, der uns eine spendet. Das machen sie für die Publicity!«, erklärte ich. Sie verdrehte die Augen, also ließ ich das Thema fallen. »Oder wie wäre es mit dem ›Ultimativen Tauschgeschäft‹. Alle sollen ihre alten Klamotten und Sachen bringen und sie für je ein Pfund verkaufen. Selbst wenn nur die Hälfte der Schüler etwas kauft, verdienen wir £ 750.«

»Ich stelle mich bestimmt nicht an einen Secondhand-Kleiderstand! Das ist schwachsinnig!«, erklärte Kara.

»Von wegen. Ich richte sogar gerade eine Website ein zu genau dem Zweck.«

»Ach ja? Na, dann viel Glück damit!«, sagte sie sarkastisch.

Wenn Lily nicht da gewesen wäre, hätte ich Kara kräftig die Meinung gegeigt.

Es war klar, dass sie keinem Vorschlag zustimmen würde, wenn sie keine Lust darauf hatte mitzumachen. Ihre Vorschläge waren: eine Modenschau, eine Talentshow (was für eine Überraschung) und ein Nagelstudio. Ein Nagelstudio?! Glücklicherweise haben die Jungs heftig gegen Karas Ideen protestiert, sonst hätte ich es tun müssen.

»Kopfrasur?«, rief Ryan. »Eine Glatze für einen guten Zweck.«

»Ja«, jubelte Liam.

»Tolle Idee!«, sagte ich (aber nur, weil ich Kara gerne mit Glatze gesehen hätte).

»Ihr nehmt das alles gar nicht ernst«, beschwerte sie sich.

»Süßigkeiten«, schlug Nadima plötzlich vor. »Süßigkeiten machen?«

Wir starrten sie alle an, verblüfft darüber, dass sie:

a) es geschafft hatte, dem Gespräch zu folgen, und

b) eine Idee gehabt hatte.

Sie zuckte die Achseln. »Jeder mag Süßigkeiten!«

»Das ist keine schlechte Idee«, sagte ich, schließlich hatten ihre Eltern damit ihren Lebensunterhalt verdient.

Sogar Kara war dafür. »Ich mache die besten Rocky Roads«, verkündete sie ach so bescheiden. Für Rocky Roads muss man einfach nur Erdnüsse und Marshmallow-Stücke mit geschmolzener Schokolade vermischen.

»Meine Oma macht Pfefferminztaler«, sagte Ryan. »Sie kann das Zeug haufenweise herstellen, wenn ich sie darum bitte.«

»Weißt du noch, Josie? Wir haben früher immer Karamellbonbons gemacht«, sagte Lily.

Bevor ich antworten konnte, mischte sich Kara ein und setzte ihr »trauriges Gesicht« auf. »Aber du musst mir mit den Rocky Roads helfen.«

Lily sah hin- und hergerissen aus.

Doch dann sagte Nadima: »Ist okay. Josie mit mir. Wir machen Lokum.«

»Aber ihr habt schon mal versucht, das zu verkaufen, und niemand wollte es haben«, wandte Kara ein.

Sie hatte recht, aber ich wollte Nadima nicht enttäuschen. Mein Traum, den Schulrekord im Spendensammeln zu brechen, zerbröselte wie eine Schokoflocke.

Dann grinste Nadima und erklärte: »Ja, aber diesmal wir machen … mit Schokolade!«

»Schoko-Lokum?«, wiederholte Liam und leckte sich die Lippen.

Ich grinste Nadima an. »Schoko-Lokum? Das ist eine geniale Idee!«

Schoko-Lokum

An den drei folgenden Abenden verwandelten wir Nadimas Küche in eine Schoko-Lokum-Fabrik. Ich ging am Montagabend zu ihr, um beim ersten Schwung zu helfen.

Ich hatte ihre Mutter seit der Stammbaum-Hausaufgabe nicht mehr gesehen. Ich war mir nicht sicher, ob ich die Angelegenheit erwähnen sollte. Ich konnte wohl kaum sagen: »Es tut mir leid, dass so viele aus Ihrer Familie in Syrien gestorben sind«, oder? Aber andererseits konnte ich auch nicht so tun, als wäre nichts passiert.

Als ihre Mutter zur Tür kam, stand ich darum irgendwie unbeholfen da. »Ähm …«, sagte ich. Nicht meine beste Eröffnungsrede, das gebe ich zu. Sie muss erraten haben, was mir durch den Kopf ging, weil sie mich in eine herzliche Umarmung zog. Danach drückte sie meine Oberarme, bevor sie mich losließ.

Weißt du was? Manchmal, wenn man nicht weiß, was man sagen soll, sagt man am besten gar nichts.

Dann gingen Nadima und ich in die Küche, machten drei Dosen Lokum und ließen alles über Nacht auskühlen.

Am Dienstagabend schnitten wir die Montags-Charge in Stücke, die wir anschließend in geschmolzene Schokolade tauchten. Dann ließen wir sie auf Tellern abkühlen, während wir den zweiten Schwung machten. Als die Schokolade fest geworden war, probierte jede von uns ein Stück, und … was soll ich sagen? Es schmeckte HIMMLISCH!

Sogar Nadimas Mutter war beeindruckt. »Du kannst kochen, so wie ich!«, sagte sie zu mir.

Ich lachte. »Was ist mit Nadima?«, fragte ich.

Ihre Mutter lächelte und schüttelte den Kopf. »Doktor.«

»Du willst Ärztin werden?«, fragte ich Nadima.

Sie nickte.

Ich könnte mir nicht vorstellen, dass noch jemand in unserer Klasse oder überhaupt in unserem Jahrgang Medizin studieren wollte. Ehrlich gesagt wäre das eine absolut schreckliche Vorstellung. Und ich würde niemals Arzt werden wollen. Ich kann kein Blut sehen, und wenn sich jemand übergeben müsste, würde ich sofort mitmachen.

»Du? Welcher Beruf?«, fragte sie.

»Ich werde mein eigenes Unternehmen gründen. Spätestens mit einundzwanzig werde ich Millionärin sein«, erzählte ich ihr. Ihr Gesicht sagte mir, dass sie kein Wort verstanden hatte, also formulierte ich es anders: »Ich werde reich sein!«

Sie grinste. »Ist guter Plan!«

Am Mittwochabend hatten wir so viel Lokum produziert, dass man sich in Nadimas Küche nicht mehr bewegen konnte. Alle Oberflächen waren voll damit.

Nadimas Vater kam nach Hause, schlug sich spielerisch die Hände vors Gesicht und tat so, als würde er entsetzt zurückweichen.

»Lokum überall!«, scherzte er. »Ist wie Laden! Ist wie zu Hause.« Dann floh er mit Nadimas Mutter ins Wohnzimmer, während Nadima und ich die Lokum-Stücke in geschmolzene Schokolade tauchten.

»Wie war dein Zuhause?«, fragte ich Nadima. »In Syrien, meine ich.«

Nadima lächelte und zuckte leicht mit den Schultern. »War nett.«

»Hast du ein Foto davon?«

»Nein. Kein Foto.«

Mein Haus kann man auf Google Maps finden. Das weiß ich, weil wir nachgesehen haben. Man kann das kleine Zappelmännchen buchstäblich vor unserem Gartentor absetzen. Ich wollte Nadima fragen, ob ihr Haus auch auf Google Maps war. Aber ich hatte Angst, es könnte zerbombt worden sein. Dann war davon vielleicht nur noch ein großer Trümmerhaufen übrig – wie man das in den Nachrichten sieht. Stellt euch vor, euer Haus und alles, was ihr je besessen habt, wäre restlos zerstört, und übrig wäre nur noch ein Haufen Schutt und Staub.

Es war ein schrecklicher Gedanke – ich konnte sie also nicht danach fragen, sondern erkundigte mich stattdessen: »Hattet ihr ein großes Haus?«

Sie schüttelte den Kopf.

»Nicht Haus. Wohnung. Alle haben Wohnung. Nur reiche Leute haben Haus.«

»Ihr wart damals also nicht reich?«

»Nicht reich!« Sie lachte.

»Wart ihr arm?«

»Nein!«, rief sie schockiert aus. »Süßwarenladen sehr gut! Nicht arm!«

Dann verdüsterte sich ihre Miene ein wenig. »Aber hier, hier wir arm. Hier wir haben … nicht viel.«

Ich wünschte, ich hätte ihnen irgendwie helfen können. Aber mein Taschengeld würde keinen großen Unterschied machen, oder?

»Das muss schwer sein«, sagte ich.

»Ja. Ist schwer. Aber wir in Sicherheit.« Ihr Gesicht hellte sich auf und sie fügte hinzu: »Wir haben jetzt neues Zuhause.«

»Und du hast mich!«, sagte ich.

»Ha!« Sie verdrehte die Augen und schob mir ein Stück Schoko-Lokum in den Mund.

Sonderlieferung

Am Donnerstagmorgen fuhr Mum uns zur Schule. Ich hatte alles dabei, was wir für unseren Stand brauchten. Taschen mit Essen, Kleingeld, ein riesiges Banner, das wir hinter uns an die Wand kleben konnten, und doppelseitige Klebepads. Wir hatten uns entschieden, unseren Stand »Naschwerkstatt« zu nennen. Der Name war übrigens Karas Idee. Aber er passte, darum habe ich nicht widersprochen.

Ich hatte Stunden am Computer verbracht, um Flyer zu gestalten, die wir überall in der Schule aushängen konnten, und ich hatte ganze Stapel davon ausgedruckt. Meine Brüder hatten versprochen, mir beim Aufhängen zu helfen. In der Pause würde die Schule damit zugepflastert sein. Das Banner hatte ich auf die Rückseite von ein paar alten Postern gemalt, die ich Dan abgeluchst hatte. Es war ziemlich beeindruckend, wenn ich das so sagen darf. Es war auf jeden Fall riesengroß, und nur darauf kam es an.

Plötzlich wurde mir klar, dass Nadima ganz allein die ganzen Dosen mit Lokum schleppen musste. Also ging ich zum Schultor, um nach ihr Ausschau zu halten. Und da war sie und zog eine riesige Reisetasche mit Rollen hinter sich her.

Sie grinste und winkte. »Lieferung!«, rief sie. »Sonderlieferung!«

Wo hatte sie nur diese ganzen Wörter her? Es ist, als müsse sie etwas nur einmal hören, und schon kann sie es sich merken.

Als wir die Tasche in unser Klassenzimmer geschleppt hatten, waren die anderen schon da. Kara hatte eine Kuchenform voller Rocky Roads und Ryan hatte eine Plastikdose mit den Pfefferminztalern seiner Oma. Sie sahen die riesige Reisetasche und ihnen fiel die Kinnlade runter.

»Wow«, rief Ryan. »Wie viel hast du mitgebracht?!

»Sehr viel.« Nadima lachte, als sie den Reißverschluss öffnete. Die Tasche war total vollgestopft.

»Ach, das ist doch lächerlich!«, fuhr Kara sie an. »Wir werden das alles nie verkaufen!«

»Willst du wetten?«, erwiderte ich.

»Das sind ja Tonnen von Süßem!«, sagte Lily.

»Darf ich probieren?«, bettelte Liam und kam zu uns herüber.

Nadima nahm eine Tüte heraus, riss sie auf und bot allen in unserem Team ein Stück an.

Ryan biss hinein und verdrehte genüsslich die Augen.

»Mmmh. MEHR!«, rief er.

Daraufhin stürzten sich alle auf uns wie gierige Möwen.

»Keine Chance! Ihr müsst es schon auch kaufen – nach dem Mittagessen. 50 Pence pro Beutel.« Lachend zog ich den Reißverschluss zu.

»Glaubst du immer noch, dass wir nicht alles verkaufen werden?«, fragte ich Kara.

Sie gab keine Antwort.

Gleich nach dem Mittagessen schossen wir alle in die Aula, um uns einen guten Tisch zu sichern und den Stand aufzubauen. Ich holte das Banner heraus, rollte es auf und wollte es an die Wand hinter unserem Tisch kleben, als Kara mich plötzlich wütend anfuhr.

»Was soll das denn heißen?«, giftete sie und warf ihre Haare zurück.

»Naschwerkstatt«, antwortete ich. »Wir haben uns darauf geeinigt, den Stand so zu nennen, weiß du noch?«, fügte ich schnippisch hinzu.

»So schreibt man ›Werkstatt‹ doch nicht«, rief sie entrüstet. »Du hast es mit ›dt‹ anstelle von ›tt‹ geschrieben! Das ist grottenfalsch!«

Ich sah mir das Banner genauer an und mein Herz sank. Sie hatte recht. Ich hatte »Werkstadt« geschrieben.

»Das macht doch nichts«, fand Lily. Aber ich hörte sie kaum, denn mein Gesicht und meine Ohren brannten vor Scham.

Ich war total fertig. Warum hatte ich nicht einen meiner Brüder gebeten, meine Rechtschreibung zu überprüfen? WARUM?!? Ich weiß doch, dass ich nicht buchstabieren kann, selbst wenn mein Leben davon abhinge. ICH SCHWACHKOPF!!!! Ich wäre am liebsten an Ort und Stelle im Boden versunken. Und was noch schlimmer war: Meine Brüder hatten überall meine Flyer aufgehängt – und auf denen war das Wort genauso falsch geschrieben. Jetzt wusste die ganze Schule, dass ich keine Rechtschreibung beherrschte.

Ich wollte sterben.

»Das kannst du nicht aufhängen«, bestimmte Kara. »Ich werde nicht zulassen, dass alle denken, wir könnten nicht mal den Namen unseres eigenen Stands ordentlich schreiben!«

Aber da sagte Nadima: »Kara! Ist nicht falsch! Josie macht Witz. Ist kreativ!«

»Oh ja! Das ist toll!«, sagte Lily. Dann halfen sie und Nadima mir, das Banner zu befestigen. Ich hätte die beiden umarmen können.

Ich überließ es den anderen, die Süßigkeiten auf Pappteller zu stapeln, und wanderte durch die Aula, um mir die Konkurrenz anzuschauen.

Natürlich hatte nicht jeder in unserem Jahrgang einen Stand. Viele Gruppen sammelten Spenden oder taten andere Dinge. Aber trotzdem waren sie nicht besonders einfallsreich.

Es gab etwa zehn weitere Stände, und die fielen größtenteils in zwei Kategorien:

a) dämliche Jungs, an deren Ständen man für 50 Pence entsetzlich lahme »Fantasy«-Spiele spielen konnte, und
b) typische Mädchenstände.

Die Gruppe von Chloe und Elly flocht für ein Pfund französische Zöpfe und Fischschwanz-Zöpfe. Ich sah zu, wie Chloe Elly einen Wasserfall-Zopf flocht. Es sah sehr kompliziert aus, also konnten sie in den zwei Stunden, die uns zur Verfügung standen, nicht viele davon machen.

Einige der Mädchen aus der 7T verkauften selbst gemachten Schmuck. Aber es handelte sich fast nur um Freundschaftsarmbänder und Perlenkram. Und es gab drei (*drei!*) Verkaufsstände mit Muffins.

Es sah also nicht so aus, als hätten wir große Konkurrenz. Wir mussten einfach hoffen, dass Nads geniale Kombination aus Schokolade und Lokum ein Riesenerfolg wurde.

Und das war sie. Und was für einer! Wir wurden regelrecht belagert.

Die Süßigkeiten verschwanden schneller, als man zusehen konnte. Schoko-Lokum war weitaus beliebter als Karas Rocky Roads. Einige der Kinder kamen sogar noch mal wieder, um eine weitere Tüte zu ergattern, und viele fragten, wo wir das Schoko-Lokum gekauft hatten.

»Nadima und ich haben es gemacht«, sagte ich stolz und legte schwungvoll einen Arm um Nadima.

Sie waren mächtig beeindruckt. Nad versuchte, bescheiden auszusehen, aber ich sah ihr an, dass sie total begeistert war.

Also fügte ich hinzu: »Es war Nadimas Idee – und das Rezept ihrer Mutter.«

Die Schokolade machte den Unterschied. Es schien niemanden zu kümmern, was darunter war. Tatsächlich hat kaum jemand danach gefragt. Es war verrückt – besonders, wenn man daran denkt, wie wir versucht hatten, normales Lokum zu verkaufen, und alle sich aufgeführt hatten, als wollten wir ihnen Schnecken mit Zucker andrehen.

Als unsere Zeit abgelaufen war, hatten wir alles verkauft, bis auf ein paar der Pfefferminztaler von Ryans Oma.

»Du hättest deine Oma bitten sollen, sie mit Schokolade zu überziehen«, sagte Lily trocken, und wir lachten – sogar Kara.

Gut gemeint

Am Freitagnachmittag versammelten sich alle Schüler in der Aula, wo die Gewinner der *Charity Challenge* bekannt gegeben werden sollten. In meinem Bauch schlugen Schmetterlinge Saltos. Wir hatten bereits ausgerechnet, dass wir das beste Team des siebten Jahrgangs waren – aber ich wollte, dass unser Team den Schulrekord holte.

Irgendein großes Tier unserer Gemeinde hatte die Aufgabe, die Ergebnisse vorzulesen und die Büchergutscheine auszuhändigen. Er stand auf der Bühne und fand sich fünfzehnhundert gelangweilten Gesichtern gegenüber. Tapfer versuchte er, der Sache einen aufregenden Anstrich zu geben, indem er die drei Siegerteams in umgekehrter Reihenfolge vorlas und dabei lange dramatische Pausen einlegte. Im Fernsehen funktioniert so was besser.

»Die Gesamtsieger unserer diesjährigen *Charity Challenge* sind …« – (lange Pause) »… an dritter Stelle …« – (noch eine lange Pause) »… die Karaoke-Könige aus der achten Jahrgangsstufe!« Es gab höflichen Applaus, überwiegend von den Lehrern.

»An zweiter Stelle …« – (längere Pause) »… die Fantasie-Cupcake-Bäcker der zehnten Jahrgangsstufe!« Einige Mädchen der zehnten Klassen jubelten, vermutlich hatten sie die Fantasie-Cupcakes gebacken. Meine Hände waren mittlerweile ganz verschwitzt und mein Mund war staubtrocken.

»Und an erster Stelle …« – (nervenaufreibend lange Pause) »… die diesjährigen Gewinner der *Charity Challenge* sind …« – (quälend lange Pause) »… *Naschwerkstadt* aus dem siebten Jahrgang!«

Kara quiekte, Liam und Ryan klatschten sich ab und die ganze 7R brach in Applaus und Jubelrufe aus. Nadima und ich drückten uns so fest, dass wir uns beinahe zerquetschten. Dann gingen wir alle auf die Bühne, um unsere Büchergutscheine in Empfang zu nehmen.

Aus der letzten Reihe der Aula zeigte Matt mir den hochgereckten Daumen. Er sah stolz wie Bolle aus und ich konnte nicht aufhören zu grinsen. Ich stand da und strahlte vor Stolz. Aber vor allem freute ich mich wirklich sehr auf das, was als Nächstes passieren würde.

Ihr erinnert euch sicher, dass das siegreiche Team entscheiden durfte, für welchen wohltätigen Zweck die gesammelten Spenden benutzt werden sollten. Nun, Ryan und Liam hatten gesagt, es sei ihnen egal, und Kara und Lily kannten keine lokalen Wohltätigkeitsorganisationen, also habe ich die Entscheidung selbst getroffen, ohne sie mit jemandem abzusprechen.

Es sollte eine geniale Überraschung werden.

Wie sich herausstellte, war es eine absolute Katastrophe.

Der Typ von der Gemeinde hielt den Zettel mit dem Namen der Wohltätigkeitsorganisation hoch.

»Nun, von dieser Organisation habe ich noch nichts gehört«, sagte er stirnrunzelnd, »aber ich bin mir sicher, dass es eine gute Wahl ist! Die Wohltätigkeitsorganisation, die all das Geld erhalten wird, das bei der diesjährigen *Charity Challenge* gesammelt wurde, ist …«, erneut machte er eine dramatische Pause, bevor er verkündete: »… Nadimas Familie!«

Ich hatte mir diesen Moment in meinem Kopf wieder und wieder vorgestellt. Alle würden jubeln und Nadima würde mich dankbar umarmen. Ich lag ja dermaßen falsch!

Nadima keuchte und es herrschte eine fassungslose Stille. Dann riefen alle so Sachen wie: »Das ist nicht fair«, oder sie lachten, was noch schlimmer war.

»Es ist fair und es ist *nicht* lustig!«, rief ich aufgebracht. »Seht ihr denn keine Nachrichten?«, donnerte ich. »Nadimas Familie kommt aus Syrien. Sie sind Flüchtlinge und mussten alles zurücklassen, als sie herkamen. Zu Hause hatten sie einen Laden und ein Geschäft und alles, aber hier haben sie nichts. Sie sind arm und sie brauchen das Geld.«

An dieser Stelle brach Nadima in Tränen aus und verließ fluchtartig die Bühne.

»Nadima!«, rief ich und rannte ihr hinterher. »Nad! Was ist das denn? Was ist los!«, fragte ich, als ich sie im Flur eingeholt hatte.

»Warum tust du das? Warum sagst du das?«, fauchte sie mich wütend an. Ihre Hände waren zu Fäusten geballt, und ich dachte schon, sie würde mich schlagen. Tränen der Wut liefen ihr über die Wangen. »Wir nicht arm. Wir stolz!«, schrie sie. Und da sie immer noch nicht gut genug Englisch sprach, um ihre Gefühle zu beschreiben, schimpfte sie auf Kurdisch weiter.

Ich verstand nicht, was sie sagte, aber das, was sie ausdrücken wollte. Und die Lautstärke entging mir auch nicht. Besonders die Lautstärke. Schließlich hörte sie auf, mich auf Kurdisch anzubrüllen, und sagte: »Du machst mich schämen. Du machst meine Familie schämen. Du nicht meine Freundin.« Dann floh sie in Tränen aufgelöst den Flur hinunter.

Ich stand da und fühlte mich wie betäubt. Ich konnte nicht fassen, was gerade passiert war. Dann ertönte der Gong zum Schulschluss und alle strömten aus der Aula. Ich konnte es nicht ertragen, jemanden anzusehen, also lief ich weg.

Ich rannte den Flur hinunter, aus dem Gebäude hinaus und weiter bis zur Bushaltestelle. Ich sah zu, dass ich schnell in den Bus einstieg. Ich setzte mich auf die Rückbank, auf der Matt immer zusammen mit seinen Freunden sitzt. Ich zog die Knie an, wartete auf ihn und hoffte, dass er mir erlauben würde, mich auf der Heimfahrt dort zu verstecken.

Wieder abgetaucht

Ich konnte Mum nicht gegenübertreten, also bat ich Matt, ihr zu erzählen, was passiert war.

»Klar«, sagte er und umarmte mich. Ich dachte, meine Brüder wären wütend auf mich, weil ich sie vor der ganzen Schule in Verlegenheit gebracht hatte. Oder dass sie sich über mich lustig machen würden, weil ich mich so blamiert hatte. Aber weit gefehlt. Sie waren total nett zu mir. Ebenso Mum, als sie nach Hause kam. Und das machte alles noch schlimmer, denn jetzt wusste ich, dass ich wirklich etwas Furchtbares angerichtet hatte.

Nach dem Abendessen kam Mum zu mir ins Zimmer und setzte sich aufs Bett.

»Willst du darüber reden?«, fragte sie.

»Nicht wirklich«, sagte ich. Also ging sie noch mal kurz weg und kam mit einem Becher gesalzenem Karamelleis und zwei Löffeln zurück. Dann setzte sie sich neben mich und wir arbeiteten uns zum Boden des Bechers vor.

Mein Handy pingte dabei unentwegt, als eine Nachricht nach der anderen eintraf. Ich wollte sie beantworten, aber Mum nahm mir entschlossen das Telefon ab und schaltete es aus. Dann steckte sie es in ihre Gesäßtasche.

»Ist das zur Strafe?«, fragte ich.

»Nein, zu deinem Schutz«, antwortete sie. »Ich glaube, es wäre gut, wenn du ein oder zwei Tage den Ball flach halten würdest.«

Das ganze Wochenende schlurfte ich unglücklich im Schlafanzug herum und schaute auf YouTube stundenlang Cartoons und romantische Komödien, um mich aufzuheitern. Doch nichts half.

Ich musste immer wieder an das denken, was passiert war. Und zwar nicht an das in der Aula. Es störte mich nicht, dass ich mich vor allen blamiert hatte. Mir ging es nur darum, dass ich Nadimas Gefühle verletzt hatte. Doch ich verstand einfach nicht, warum sie so wütend auf mich war. Ich sah ihr tränenüberströmtes Gesicht, hörte, wie sie mich anschrie, sie sei nicht arm, sondern stolz, und dass ich sie und ihre Familie beschämt hätte.

Denn sie *sind* arm. Sie hatte es mir selbst gesagt. Und es ist doch nichts falsch daran, arm zu sein. Es ist nichts, wofür man sich schämen müsste. Es ist ja nicht ihre Schuld. Sie sind Flüchtlinge. Alle Flüchtlinge sind arm – weil sie fast alles zurücklassen müssen. Wollten sie das Geld etwa nicht? Ich kapierte es einfach nicht.

Am späten Sonntagnachmittag kam Mum, um mir einen Stapel saubere Schuluniformen aufs Bett zu legen. »Hast du irgendwelche Hausaufgaben auf?«, fragte sie.

Ich hatte ehrlich gesagt keinen Schimmer und es war mir auch egal. Aber es wäre wohl keine gute Idee gewesen, das zuzugeben, also antwortete ich: »Ich sehe mal nach«, und wuchtete meine Schultasche aufs Bett.

Mum blieb an der Tür stehen. »Warum kommst du nicht ein bisschen herunter? Einen Film ansehen? Ein Spiel spielen?«

Ich schüttelte den Kopf. »Ich bin nicht in der Stimmung.« Sie bestand nicht darauf.

Ich durchwühlte meine Tasche nach meinem Terminkalender und blätterte ihn durch, um zu sehen, ob Hausaufgaben drinstanden. Ich hatte etwas in Mathe auf – aber erst für Dienstag. Dann erinnerte ich mich daran, dass ich vorgehabt hatte, meinen Stammbaum neu zu zeichnen, aber ohne meinen Vater. Also holte ich mein Geschichtsheft heraus.

Ich wollte gerade die Seite herausreißen, da erschien es mir plötzlich nicht mehr so wichtig, alles noch mal von vorn anzufangen. Vielleicht sollte ich es einfach dabei belassen, dass sein Name durchgestrichen war. Oder besser noch … Ich holte das Tipp-Ex aus der obersten Schreibtischschublade und übermalte damit sorgfältig seinen Namen, bis nichts mehr davon zu sehen war. Mrs B würde vermutlich denken, ich hätte nur einen Fehler korrigiert. Sie hatte keine Chance, die Wahrheit herauszufinden. Nicht, dass das eine Rolle gespielt hätte.

Ich testete mit dem Zeigefinger, ob das Tipp-Ex trocken war. Ja. Dann ließ ich meinen Blick über den Stammbaum gleiten und stellte fest, dass Mum recht hatte. Ohne den Namen meines Vaters sah es tatsächlich so aus, als hätte sie vier Kinder bekommen, ohne verheiratet gewesen zu sein. Gut, dass ihr das egal war. Außerdem hatte sie allen Grund dazu, sich nicht zu schämen, sondern stolz darauf zu sein, dass sie uns allein großgezogen hatte.

Und da traf mich die Erkenntnis.

Nadima schämte sich *nicht* dafür, dass ihre Familie arm war. Sie schämte sich überhaupt nicht für sie. Sie war stolz auf ihre Familie. Sie war stolz darauf, wie Rasha und Sami Englisch lernten. Sie war stolz darauf, dass ihre Mutter so eine brillante Köchin war. Sie war stolz darauf, dass ihr Vater ein erfolgreicher Geschäftsmann gewesen war. Sie war stolz auf das Süßwarengeschäft ihrer Familie.

Und jetzt hatte ich Vollidiot der ganzen Schule erzählt, dass sie Almosen bräuchten, weil sie so arm waren. Wie ein Obdachloser oder ein Straßenbettler. Damit hatte ich sie beschämt. Ich wollte mich in eine Ecke verkriechen und sterben.

Es gab keine Möglichkeit, wie ich das rückgängig machen konnte. Oder es richtigstellen. Wie sollte ich es jemals wiedergutmachen?

Tränen

Ich weiß nicht, wie ich den Mut aufbrachte, am Montag in die Schule zu gehen. Ich hatte entsetzliche Angst davor. Als ich auf den Flügel mit unserem Klassenzimmer zuging, konnte ich sehen, dass Lily und alle anderen einen Kreis um Nadima bildeten. Aber lange bevor ich sie erreichte, löste sich Lily aus der Gruppe und kam zu mir.

»Nadima bat mich, dir das zu geben«, sagte sie und überreichte mir das rosa und silberne BFF-Armband. Ich schob es in meine Tasche und verzog mich aufs Mädchenklo, sperrte mich in eine Kabine ein und schluchzte und schluchzte.

Es wurde noch schlimmer.

Während der Anwesenheitskontrolle wurde ich ins Büro von Mrs C beordert, wo ich eine gehörige Strafpredigt bekam.

»Josephine, du warst unglaublich unsensibel und taktlos. Du hast Nadima behandelt, als wäre sie eine deiner Kampagnen oder ein Schulprojekt«, sagte sie.

»Ich wollte ihrer Familie nur helfen«, sagte ich leise. »Sie sind Flüchtlinge – sie brauchen unsere Hilfe.«

»Aber nicht so! Es ist ein Unterschied, ob man sie unterstützt oder ob man ihnen das Gefühl gibt, auf Almosen angewiesen zu sein. Du hast ihre Familie beleidigt! Vor der ganzen Schule.«

»Ich weiß. Es tut mir leid«, sagte ich. Ich biss mir auf die Unterlippe und fühlte zu meinem Entsetzen, dass mir Tränen in den Augen brannten.

Ich glaube, Mrs C war überrascht, dass ich ihr keine Widerworte gab, wie ich es sonst immer tue. Denn sie wurde plötzlich richtig nett zu mir, was es noch schlimmer machte.

»Josephine, du bist nicht unsensibel und nicht dumm. Du bist ein liebes, freundliches, kluges Mädchen und hast das Herz am rechten Fleck. Ich finde es wunderbar, wie du und Nadima eure riesige Sprachbarriere überwunden habt und Freunde geworden seid. Das meine ich ernst.«

Ich brach in Tränen aus. Sie gab mir ein Taschentuch.

»Aber du musst aufhören, dich wie ein Elefant im Porzellanladen zu benehmen. Es ist gut, wenn man Menschen helfen will, aber man darf nicht davon ausgehen, dass sie jemanden brauchen, der für sie kämpft. Vor allem, wenn es Erwachsene sind und man selbst nur ein zwölfjähriges Mädchen ist. Besonders diese Familie, die mehr schreckliche Probleme und Katastrophen erlebt und überlebt hat, als man sich vorstellen kann. Am meisten brauchen sie unsere Freundschaft und Unterstützung – nicht unsere Spendenbereitschaft.«

Ich nickte. Ich konnte nichts sagen.

Sie holte mir eine Tasse Tee und erlaubte mir, bis zum Pausengong in ihrem Büro zu bleiben.

Ich machte mich auf den Weg zum Erdkundeunterricht. Vor mir im Flur ging Nadima zwischen Lily und Kara. Elly und Chloe folgten den beiden. Alle lachten. Ich hätte Nadima gerne gefragt, ob wir reden konnten, aber ich kam nicht an sie heran. Also verschob ich es auf später im Unterricht. Doch während der Stunde sagte Mr K, dass wir uns in Vierergruppen zusammensetzen und eine Wetterstation entwerfen sollten.

Karas Hand schoss sofort hoch. »Sir, können wir zu fünft sein, damit Nadima nicht ausgeschlossen wird?«, fragte sie.

»Ja, gute Idee«, sagte er.

Also rate mal, wer ausgeschlossen wurde? Das kannst du dir ausrechnen. Schließlich landete ich bei Ryan, Liam und ein paar anderen Jungs.

Ich wollte unbedingt mit Nadima sprechen. Als die Stunde zu Ende war und alle den Raum verließen, ging ich zu ihr und legte ihr eine Hand auf den Arm.

»Nadima?«, sagte ich.

Sie drehte sich um und sah mich an. Die anderen blieben direkt hinter ihr stehen und beobachteten uns, also fügte ich hinzu: »Kann ich mit dir reden?«

Ich hatte erwartet, dass die anderen sich taktvoll verkrümeln würden. Von wegen. Kara rückte sogar noch näher.

»Ja?«, fragte Nadima höflich.

»Ich wollte mich nur entschuldigen«, murmelte ich.

Sie nickte mir knapp zu. »Okay. Ja. Danke.« Dann ging sie mit Kara und den anderen weg und ließ mich einfach stehen.

Kara

Ich sag's mal so: In der folgenden Woche habe ich mich in der Schule alles andere als wohlgefühlt. Nadima war nun ganz und gar in Karas Clique integriert. Sie haben mich nicht direkt ausgeschlossen. Aber es fühlte sich nicht gut an, mit ihnen abzuhängen. Also fing ich an, mich Liam und Ryan anzuschließen. Es gibt natürlich noch andere Mädchen in der 7R, aber um ehrlich zu sein, war ich mit den Jungs glücklicher. Das kommt wohl daher, dass ich mit meinen Brüdern aufgewachsen bin. Nadima hat mich nicht ignoriert. Aber sie hat auch nicht versucht, mit mir zu reden oder mir irgendetwas zu erzählen, so wie früher.

Manchmal waren wir gezwungen, miteinander zu reden. Wie im Schauspielunterricht. Wir haben versucht, eine Handlung für unsere Geschichte über den Diebstahl der Kronjuwelen zu entwerfen – die ich wie einen Cartoon gezeichnet habe. Aber es war von vornherein eine dumme Idee gewesen und keine von uns beiden konnte die Geschichte aufschreiben, nicht wahr? Also waren diese Stunden eine komplette Zeitverschwendung. Doch das war an sich nichts Neues.

Die Schule war also bis zum Mittwoch zwei Wochen später keine Freude – aber es war erträglich.

Kara kam vor der Anwesenheitskontrolle ins Klassenzimmer und verkündete allen, dass sie am Samstagabend eine Pyjamaparty veranstaltete.

»Krass. Bin ich eingeladen?«, fragte Ryan grinsend.

»Nein. Die ist nur für Mädchen!«, meinte Kara schnippisch.

»Das ist Diskriminierung!«, verkündigte Liam.

Sie ignorierte ihn, aber dann verteilte sie mit einem unsäglichen Mangel an Taktgefühl an jedes einzelne Mädchen in der Klasse Einladungen, außer – rate mal! – an mich.

Dann kam sie zu mir, setzte ein betrübtes Gesicht auf und sagte für alle hörbar: »Josie, das tut mir wirklich leid. Ich würde dich ja einladen, weißt du, echt jetzt. Aber ich denke, dass ich schlecht dich *und* Nadima einladen kann – und es wäre wirklich gemein, sie auszuschließen, nicht wahr?«

Lily sah aus, als wollte sie im Boden versinken. Der Rest der Klasse war damit beschäftigt, heimlich in meine Richtung zu schauen, neugierig darauf, wie ich reagierte. Also schaute ich Kara direkt in die Augen und sagte laut: »Ach, das ist schon in Ordnung. Ich verstehe es vollkommen. Natürlich solltest du Nadima einladen.«

Kara lächelte mich mit falscher Freundlichkeit an und sagte: »Danke.« Dann schwebte sie davon und setzte sich wieder neben Nadima. Nadima sah in meine Richtung … aber ich schaute schnell weg. Dabei war mir so heiß, dass ich genau wusste, wie rot ich geworden war.

»Alles in Ordnung?«, erkundige sich Lily, als sie sich neben mich setzte.

»Na sicher! Warum sollte ich auf Karas Party gehen wollen?«, gab ich zurück.

Ich schaffte es, den ganzen Tag gute Miene zum bösen Spiel zu machen, aber als Mum nach Hause kam, löste ich mich auf wie Schokolade in der Mikrowelle. Ich ließ den Kopf auf den Küchentisch sinken und weinte mir die Augen aus.

»Komm schon, Schatz.« Mum legte seufzend einen Arm um mich. »Lass dich davon nicht so aufwühlen.«

Natürlich gaben auch meine Brüder ihren Senf dazu.

»Diese Kara hört sich ja nach einem ziemlichen Miststück an«, sagte Matt und klatschte mir etwas Spaghetti Bolognese auf den Teller. (Mittwochs ist er mit Kochen an der Reihe.)

»Schrecklich!«, stimmte Dan mit vollem Mund zu.

»Abscheulich und fies«, warf Nick ein.

»Widerwärtig, verabscheuungswürdig und grässlich«, sagte Matt.

»Scheußlich, ekelhaft und schrecklich«, legte Nick noch eine Schippe drauf.

»Schrecklich hatte ich doch schon gesagt«, meinte Dan.

»Na gut, dann also scheußlich, ekelhaft und … nervtötend!«, sagte Nick.

»Oh, der war gut, Nick«, fand Mum.

»Ich danke dir«, sagte Nick, dann schob er sich eine Ladung Spaghetti in den Mund und schlürfte absichtlich eine Spaghetti-Nudel so, dass die Soße sein Kinn verschmierte. Alles nur, um mich zum Lachen zu bringen. Doch es funktionierte nicht.

»Komm schon, Josie – sei ein Mann!«, murmelte er.

»Ja!«, sagte Dan und tat so, als würde er mir in Zeitlupe einen Kinnhaken verpassen.

»In meiner Klasse haben sich in der siebten Klasse sämtliche Mädchen untereinander zerstritten«, sagte Matt. »Niemand hat mehr mit irgendjemandem gesprochen, und man brauchte einen Bachelor in Diplomatie, um die Pause zu überstehen. Ich glaube, sie haben erst in der Zehnten wieder miteinander geredet.«

»Das muss eine herrliche Ruhe gewesen sein«, sagte Dan.

»Himmlisch«, meinte Matt grinsend.

»Mädchen!« Nick verdrehte die Augen. »Die giftigste Lebensform auf dem Planeten Erde!«

»Hey, was ist mit mir?«, schimpfte ich.

»Du bist kein Mädchen. Du bist ein Bruder ehrenhalber«, antwortete Nick.

Das brachte mich endlich zum Lachen.

»So ist es gut!«, sagte Mum.

Lily

Ihr werdet nie erraten, was am nächsten Tag passierte. Kara kam zu mir und gab mir eine Einladung zu ihrer Party!

Ich beäugte die Einladung misstrauisch. »Hat deine Mutter darauf bestanden, dass du mich einlädst oder so?«

»Nein, hat sie nicht! Und du musst nicht kommen, wenn du nicht willst«, fuhr sie mich an und nahm mir die Einladung wieder weg. Dann warf sie ihre Haare zurück und setzte sich zu Lily und Nadima und den anderen an den Tisch. Also fingen sie natürlich sofort an, über mich zu reden. Ich konnte sie nicht verstehen, aber sie sahen immer wieder verstohlen in meine Richtung. Ich ignorierte sie.

Wenige Augenblicke später setzte sich Lily neben mich und reichte mir die Einladung noch einmal. »Ich hatte Kara gebeten, dich einzuladen«, sagte sie.

Ich war platt. »Warum?«

»Weil ich will, dass du mitkommst, du Dussel!« Sie grinste.

»Du vielleicht, aber sonst niemand«, murmelte ich mit einem Blick zu Kara und ihrer Clique. Sie quatschten und taten so, als würden sie nicht versuchen, alles zu hören, was wir sagten.

»Josie, das stimmt nicht.«

Ich fing an, einen Batzen getrockneten Klebstoff von der Tischplatte zu kratzen. »Doch. Seit zwei Wochen hat kaum jemand mit mir geredet.«

»Nun, du hast mit uns auch so gut wie nicht geredet.« Lily legte die Einladung vor mich auf den Tisch. »Ich hasse es, wie das gerade läuft, Josie«, sagte sie. »Es ist furchtbar. Warum können wir nicht alle wie früher befreundet sein?«

»Weil es nicht so einfach ist«, erklärte ich.

»Doch, das ist es! Du bist diejenige, die sich querlegt.«

ICH lege mich quer? Mir blieb fast die Luft weg. »Oh nein. Ich bin nicht diejenige, die eine Party feiert und alle einlädt außer mir! Wie kann das also meine Schuld sein?«

»Nun, jetzt bist du eingeladen«, sagte Lily und schob mir den Umschlag zu.

»Aber nur wegen dir. Kara will mich in Wirklichkeit gar nicht dabeihaben. Und Nadima auch nicht«, betonte ich. Ich schaute zu Nadima hinüber, aber als sie es bemerkte, errötete sie und schaute weg.

»Woher willst du wissen, dass Nadima dich nicht dabeihaben will? Hast du sie gefragt?«, sagte Lily.

Anstelle einer Antwort verdrehte ich nur die Augen.

»Ach bitte, Josie. Dann könnten du und Nadima euch vielleicht wieder versöhnen und wir können alle wieder Freunde sein.« Sie nahm die Einladung und gab sie mir wieder. »Bitte?«

Wieder blieb ich ihr eine Antwort schuldig. Ich nahm nur den Umschlag und steckte ihn in meine Tasche.

»Ich finde, du solltest hingehen«, sagte Mum, als ich ihr die Einladung zeigte.

»Du machst Witze! Keine zehn wilden Einhörner könnten mich zu Karas Pyjamaparty schleppen!«

Wir packten gerade die Lieferung aus dem Supermarkt aus. Nick und Dan schleppten die Taschen von der Haustür in die

Küche und wuchteten sie auf den Tisch, während Mum und ich die Sachen einräumten.

»Wenn du nicht hingehst, machst du alles nur noch schlimmer«, sagte Mum und stapelte Gemüse in den Kühlschrank. »Schau, mit der Einladung hat Kara ihr Entgegenkommen gezeigt. Nimm ihre Geste an und geh hin.«

»Aber sie will mich doch gar nicht dabeihaben. Lily hat sie dazu überredet, mich einzuladen«, sagte ich und knallte einen Dreierpack gebackene Bohnen in den Schrank, dass es nur so krachte.

»Das ist erst recht ein Grund, warum du hingehen solltest«, sagte Mum. »Lily möchte wirklich, dass ihr weiterhin Freundinnen seid. Also mach es ihr nicht noch schwerer!«

»Und was ist mit Nadima? Was ist, wenn sie mich nicht dort haben will?«

»Es ist nicht ihre Party, also auch nicht ihre Entscheidung«, sagte Nick, zog eine Packung Schokoladenkekse aus einer der Tüten und öffnete sie. Er gab mir einen Keks.

»Jetzt komm schon, Josie! Denk darüber nach. Du wirst dabei schon nicht dein Gesicht verlieren«, sagte Mum.

»Wer weiß, das könnte eine Verbesserung sein«, sagte Dan.

Ich grinste und zog hinter Mums Rücken eine Grimasse.

Letztendlich beschloss ich hinzugehen. Aber nur Lily zuliebe.

Pyjamaparty

Matt fuhr mich zu Karas Pyjamaparty. Als wir vor ihrem Haus ankamen, hätte ich am liebsten gleich wieder kehrtgemacht.

»Wenn alle mich fies behandeln, kommst du mich doch wieder abholen, oder?«, fragte ich.

»Klaro. Du kannst jederzeit die Internationale Rettungstruppe anrufen!«, scherzte er mit einem furchtbaren amerikanischen Akzent. Dann fügte er in seiner eigenen Stimme hinzu: »Aber das brauchst du nicht. Alles wird gut gehen.« Also raffte ich meinen Schlafsack, mein Kopfkissen, meinen Übernachtungsbeutel und meinen Mut zusammen und ging hinein.

Ich war noch nie in Karas Haus gewesen. Es war ultramodern und ziemlich groß. Jedenfalls größer als unseres. Und das war gut so, da sie ja *alle* Mädchen aus unserer Klasse eingeladen hatte. Ich war eine der letzten, die ankam, und als ich in die Küche ging, war dort schon eine Menge los. Alle unterhielten sich und bedienten sich. Es gab Cola und Pizza und so weiter.

Als Kara mich an der Küchentür zögern sah, rief sie: »Leg deine Sachen ins Wohnzimmer«, und deutete in die Richtung. Also machte ich das. Dann ging ich Lily suchen.

Ich fand sie im Wintergarten, wo sie mit Nadima und den anderen tanzte. Der Sound war UNGLAUBLICH! Karas Handy war an einen riesigen Lautsprecher angeschlossen, und der Krach sprang regelrecht im Raum herum, während Discolichter in allen Farben blitzten.

Als Lily mich sah, strahlte sie und zog mich zu sich, damit ich mittanzte. Nadima tanzte weiter und alberte mit Chloe und Elly herum. Sie benutzten eine Cola-Dose als Mikrofon, sangen und lachten sich schlapp. Man hätte echt meinen können, dass Nadima alle schon ewig kannte, so wie sie einfach dazugehörte.

Nach einer Weile gingen wir alle etwas zum Trinken holen. In der Küche war es viel ruhiger und kühler. Aber es war immer noch ziemlich voll und ich wurde irgendwie zusammen mit Nadima in eine Ecke gedrängt.

Nun hatte ich die perfekte Gelegenheit, mit ihr zu reden und mich mit ihr zu versöhnen. Also lächelte ich sie an und sie lächelte zurück. Plötzlich wusste ich nicht, was ich sagen sollte. Ich erinnerte mich nicht daran, worüber wir früher immer geredet hatten. Das Einzige, was mir einfiel, war: »Tolle Party, was?« (Boah, wie lahm!)

Sie nickte. »Ja.«

»Die Musik ist allerdings ziemlich laut!«

»Ja«, sagte sie. »Ist sehr laut.«

Danach fiel mir nichts mehr ein. Und sie sagte auch nichts mehr. Also standen wir etwas unbeholfen herum, bis Kara erschien und Nad wieder zum Tanzen abschleppte.

Tja, ich hatte es versucht. Ich hatte versucht, mit ihr zu reden, und sie war höflich gewesen, aber nicht mehr so freundlich wie früher. Man kann niemanden dazu zwingen, mit einem befreundet zu sein, nicht wahr? Wenn sie nicht mehr meine Freundin sein wollte, dann war das ihre Entscheidung.

Mit einem Mal wollte ich nach Hause. Ich zog mein Handy raus, um die Internationale Rettungstruppe anzurufen, aber da kam Lily mich holen.

»Jetzt komm schon«, quiekte sie. »Du liebst diesen Song.«

Sie zog mich in den Wintergarten zum Tanzen. Also blieb ich, weil ich Lily nicht verärgern wollte.

Nachdem es richtig dunkel geworden war, holte Karas Stiefvater uns alle auf die Terrasse. »Bleibt nah am Haus!«, rief er uns zu und ging in den Garten hinaus.

»Was ist los?«, wollte Kara wissen. »Was machst du da?«

»Es ist eine Überraschung!«, rief er. Wir versammelten uns und kicherten aufgeregt. Sekunden später kam er zurück und stellte sich neben uns, und dann gab es plötzlich ein WUUUSCH und es funkelte! Am Zaun erwachte eine Reihe Goldregen-Feuerwerkskörper zum Leben. Silbern und violett glitzerten die Funken, sie zischten und krachten, als sie in die Höhe stoben.

»Oooooooh!«, riefen wir alle.

Er hatte eine dieser großen Batterien gekauft, bei denen man nur einmal die Lunte anzünden musste, damit ein Feuerwerkskörper nach dem anderen losging. Das Ding musste ein Vermögen gekostet haben! Offensichtlich wollte er, dass die Pyjamaparty ein Riesenerfolg wurde, egal, was Kara von ihm hält.

WUUUSCH! Eine Rakete schoss plötzlich in die Dunkelheit, und dann … PENG!, explodierte sie und verteilte farbige Funken am Himmel. Wir schrien und klammerten uns alle aneinander, so als hätten wir Angst. Außer Nadima.

Auch sie schrie. Doch dann schrie sie immer weiter und schrie und schrie, die Hände ans Gesicht gepresst und mit vor Schreck geweiteten Augen.

WUUUSCH … PENG! Eine weitere Rakete ging los.

Nadima drehte sich um und floh ins Haus.

Heimat

Ich flitzte ihr hinterher. »Nadima!«

Sie stürmte durch die Küche, warf einen Stuhl um und fiel beinahe hin, schien es aber nicht einmal zu bemerken. Sie taumelte einfach blind ins Wohnzimmer.

»Nadima! Nad!«, rief ich. Aber sie schien mich nicht zu hören. Panisch sah sie sich um, als hätte sie keine Ahnung, wo sie war.

»Keller! Wo ist der Keller?«, heulte sie.

»Es gibt keinen Keller!«, sagte ich.

Schluchzend warf sie sich hinter das Sofa. Die anderen waren alle hinter mir hergeeilt. Draußen ging das blendende Feuerwerk weiter, zischend und blitzend, dröhnend und knallend, aber niemand war mehr dort, um es zu genießen.

Karas Mutter schob sich durch die Gruppe und versuchte, die Lage in den Griff zu bekommen.

»Was ist los?«, fragte sie. »Wer ist das hinter dem Sofa?«

»Das ist Nadima«, sagte Kara. »Ich glaube, sie fürchtet sich vor dem Feuerwerk.«

Alle standen verwirrt zusammen. Keiner wusste, was wir tun sollten.

Bei jedem neuen BUMM und BLITZ des Feuerwerks schrie Nadima verängstigt auf.

Karas Mutter lehnte sich über die Rückenlehne des Sofas. »Nadima. Alles ist gut. Es gibt nichts, wovor du dich fürchten musst. Das Feuerwerk kann dir nichts anhaben«, sagte sie.

Nadima antwortete nicht. Wir hörten sie hysterisch schluchzen.

»Sie spricht nicht viel Englisch«, sagte ich.

»Sollen wir ihre Eltern anrufen?«, fragte Karas Stiefvater.

»Die sprechen auch nicht gut Englisch«, sagte ich.

Karas Mutter und Stiefvater tauschten entsetzte Blicke, während alle anderen hilflos dastanden und nicht wussten, was sie tun sollten. Dann versuchte Karas Mutter, das Sofa von der Wand wegzuziehen, aber daraufhin fing Nadima wieder zu schreien an.

»Gehen Sie vom Sofa weg«, bat ich, ließ mich auf die Knie hinunter und krabbelte hinter das Sofa zu Nadima. Sie hatte sich weinend und zitternd mit den Händen über dem Kopf zusammengerollt.

»Nad, ich bin's. Ich bin es, Josie«, sagte ich und legte meine Arme um sie. Doch sie hörte nicht auf zu weinen und zitterte am ganzen Körper. Also hielt ich sie weiter umarmt und wiederholte: »Alles ist gut. Du bist in Sicherheit. Alles ist gut.« Ich drückte mich so einfach wie möglich aus, damit sie mich verstand.

Sie klammerte sich an mich. »Ist nicht gut. Ist Bomben. Ist Kugeln. Überall. Ist nicht gut.«

Ich konzentrierte mich darauf, ruhig und deutlich zu sprechen. »Nein. Das sind keine Bomben. Es sind keine Schüsse. Das ist ein Feuerwerk. Nur ein Feuerwerk. Hier gibt es keine Bomben, keine Schüsse. Du bist in Sicherheit.«

Sie drückte sich an mich, und als das Feuerwerk endlich aufgehört hatte, wurde sie allmählich ruhiger. Ich half ihr, hinter dem Sofa hervorzukommen.

»Bist du in Ordnung?«, fragte Karas Mutter mit besorgtem Gesicht.

Nadima nickte.

Karas Stiefvater fragte mich schockiert: »Wieso hat sie es für Bomben und Schüsse gehalten?«

»Sie stammt aus Syrien. Ihre Familie ist erst vor Kurzem hergekommen«, antwortete ich.

Karas Mutter schlug sich die Hand vor den Mund. »Kara! Warum hast du mir nichts gesagt? Wenn wir das gewusst hätten, hätten wir nie und nimmer ein Feuerwerk veranstaltet«, rief sie.

»Ich ahnte doch nicht, dass es ein Feuerwerk geben würde!«, verteidigte sich Kara. Sie schien den Tränen nahe.

Karas Mutter wandte sich an mich. »Möchte sie nach Hause?«, fragte sie.

Ich sah Nadima fragend an. Sie schüttelte den Kopf. »Nein. Nicht zu Hause. Ist spät. Mama und Papa dann Angst. Nicht zu Hause.« Dann sah sie mich flehentlich an. »Dein Zuhause? Bitte?«

»Natürlich«, sagte ich. »Klar.«

Lily und Kara sammelten unser Gepäck ein, und ich rief Mum an, damit sie uns abholen kam.

Als wir bei uns daheim ankamen, hatte Matt die Luftmatratze aufgeblasen und für Nadima in meinem Zimmer auf den Boden gelegt. Sie hatte wegen der Pyjamaparty ihre eigene Bettdecke und ihr Kissen dabei, aber ich überließ ihr mein Bett und legte mich auf die Luftmatratze auf dem Boden.

»Bitte, darf Licht an?«, sagte sie.

»In Ordnung«, sagte ich und schaltete die Nachttischlampe ein. »Gut so?«

Sie nickte. Dann setzte sie sich aufs Bett, lehnte sich an die

Wand, wickelte sich in die Steppdecke ein und begann zu reden … und zu reden … und zu reden. Sie wollte erklären, warum das Feuerwerk sie in Panik versetzt hatte.

»Ist wie Bomben. Bomben und Waffen. Blitz und Knall, Blitz und Krack-krack-krack!«

Und sie fing an, mir zu erzählen, wie es gewesen war, in Syrien mitten im Krieg zu leben. Der Krieg, den wir nur aus den Nachrichten kennen, während wir sicher in unseren Wohnzimmern sitzen. Der Krieg, der Hunderte von Meilen entfernt ist und uns nichts ausmacht. Der Krieg, der viele Menschen getötet hat – Mütter und Väter, Brüder und Schwestern, Tanten und Onkel, Cousins und Kleinkinder und Babys. Der Krieg, der uns nicht mehr schockiert. Genau der.

»Ist die ganze Zeit. Ist jeden Tag. Jede Nacht«, sagte sie. »Bumm, Blitz, BUMM. Schreie. Weinen. BAMM und dann KRACK. Gebäude fallen um. Menschen tot. Niemand sicher. Bombe in Haus. Glas schneidet Gesicht, schneidet Hände, schneidet Augen, schneidet Füße, so man kann nicht gehen. Menschen tot.«

Ich begann zu verstehen, wie grauenerregend es war, bombardiert und beschossen zu werden, Tag für Tag für Tag, Nacht für Nacht. Und zu sehen, wie deine Nachbarn oder deine Familie von zerbombten Häusern verschüttet werden oder wie dein Lehrer von einer Bombe in die Luft gesprengt wird oder wie dein Freund erschossen wird. Und die ganze Zeit muss man Angst haben, dass man als Nächster stirbt oder dass es deine Mutter oder deinen Vater trifft. Oder Rasha oder den kleinen Sami.

»Bomben kommen. Wir gehen in Keller. Wir verstecken. Mum, Papa, Rasha und Sami und ich. Wir zusammenrollen.

Sami in Mitte. Warten, bis Bomben aufhören. Alle Menschen aus Wohnungen sind in Keller.«

»Wir können nicht raus. Ist nicht sicher. Aber ist kein Essen. Kein Wasser. Mein Vater geht. Wir bitten ihn, soll bleiben. Wir denken, er kommt nicht zurück.

Dann krack-krack. Ist Waffen. Ist er okay? Wir nicht wissen! Wir warten. Wir warten. Wir hoffen.

Ist Männer auf Straße mit Waffen. Schießen, schießen. Und ist keine Schule. Schule gebombt. Laden gebombt. Krankenhaus gebombt. Ist nirgendwo sicher.«

Sie umklammerte ihre Knie und lautlose Tränen strömten ihr über das Gesicht.

Ich setzte mich zu ihr aufs Bett und zog sie in eine Umarmung.

»Jetzt bist du sicher«, ließ ich sie wissen. »Jetzt seid ihr alle in Sicherheit.«

Sie schloss die Augen und noch mehr Tränen quollen hervor. Sie schüttelte den Kopf. »Wir in Sicherheit. Aber Ishtar? Baby Amira? Jamal?«

Ich wusste nicht, was ich sagen sollte. Ich saß einfach bei ihr, bis sie endlich zu weinen aufhörte und wegnickte. Ich glaube, es war die Erschöpfung, die sie einschlafen ließ.

BFF auf Kurdisch

Am nächsten Morgen schliefen wir lange. Mum hatte gesagt, dass wir im Bett bleiben sollten. Sie brachte uns das Frühstück nach oben – O-Saft und Toast mit Schokoaufstrich. Sie sagte zu Nadima, dass sie nicht aufzustehen bräuchte, falls ihr nicht danach war. Aber Nadima sagte, es ginge ihr gut. Dann schrieb sie ihren Eltern eine SMS, um ihnen zu sagen, wo sie war. Mum bot an, zu Nadimas Eltern zu gehen und ihnen zu erzählen, was passiert war.

»NEIN!«, rief Nadima. Sie wollte nicht, dass ihre Eltern sich Sorgen machten.

Aber Mum machte ein ernstes, verantwortungsbewusstes Gesicht und sagte, dass sie es ihnen leider erzählen musste. Wie würde Nadima sonst erklären, dass sie bei uns war und nicht bei Kara?

Als Mum das Zimmer verlassen hatte, sagte Nadima: »Du bist gute Freundin, Josie.«

Ich wünschte, es wäre wahr. Ich wünschte, ich wäre eine bessere Freundin. Die Art Freundin, die sie und ihre Familie nicht vor der ganzen Schule beschämt hatte.

»Wegen der *Charity Challenge* …«, fing ich an, doch sie fiel mir ins Wort.

»Ist okay, Josie. Du wollten nett sein. Uns helfen. Ich weiß.« Dann fügte sie schüchtern hinzu: »Bitte kann ich haben …?« Sie umfasste mit den Fingern das andere Handgelenk.

Ich lächelte. »Dein Armband?«

»Ja, Armband«, wiederholte sie.

Nachdem Lily es mir gegeben hatte, hatte ich es ganz unten in meine Schultasche gesteckt. Ich holte es heraus, Nad streckte mir ihr Handgelenk hin und ich band es fest. Auch meines band ich mir wieder um.

Sie zeigte auf die Buchstaben auf dem Herz. »Was bedeutet?«, fragte sie.

»Beste Freundinnen für immer«, erinnerte ich sie.

»Beste Freundinnen für immer«, wiederholte sie.

Dann beschloss sie, mir beizubringen, was das auf Kurdisch hieß. Also tippte sie »Beste Freunde für immer« in ihr Handy und zeigte mir den Bildschirm:

hevalê baş ê her dêmê

»Echt jetzt, Nadima?«, schnaubte ich. »Das kann ich niemals aussprechen.«

»Doch.« Sie grinste, las es mir vor und ließ es mich wiederholen. Dabei wusste sie genau, dass ich nicht einmal über das erste Wort hinauskommen konnte!

In dem Moment klopfte es an der Haustür. Ich hörte, wie Mum öffnete und sagte: »Ja, geh hoch.« Dann rief sie: »Kara ist da.«

Ich warf Nadima einen überraschten Blick zu. Kara war noch nie bei mir gewesen.

Ich hörte ihre Schritte auf der Treppe, dann blieb sie auf dem Treppenabsatz stehen, weil sie nicht wusste, welches Zimmer mir gehörte. Also öffnete ich meine Tür.

»Hallo«, sagte sie unbeholfen und blieb an der Tür stehen.

»Hallo«, sagte ich.

Sie fuhr fort: »Ich wollte nur vorbeikommen und mich bei Nadima entschuldigen, weil wir sie so erschreckt haben.« Und dann überraschte sie mich noch mehr, indem sie hinzufügte: »Ähm, und danke, Josie, dass du … na, du weißt schon, dich um sie gekümmert hast.«

Wir standen da und schauten uns einen Moment an. Dann hielt sie mir eine Tüte hin. »Du hast das Mitternachtsessen verpasst, also habe ich dir etwas Popcorn mitgebracht.«

»Danke«, sagte ich und nahm die Tüte. Ich trat zurück, um sie in mein Zimmer zu lassen. Dann setzte ich mich wieder neben Nadima aufs Bett. Kara blieb unsicher in der Mitte des Raumes stehen.

»Komm und setz dich hin«, sagte ich. Also setzte sie sich im Schneidersitz auf die Luftmatratze.

Wir schwiegen, während ich die Tüte mit dem Popcorn aufriss und ihr welches anbot.

»Danke«, sagte sie und nahm eine kleine Handvoll.

So saßen wir da und futterten Popcorn, bis Kara sagte: »Ich habe mir *solche* Sorgen um dich gemacht, Nadima.« Mir fiel auf, dass sie so melodramatisch wie immer klang. »Das mit dem Feuerwerk tut mir wirklich leid. Du musst *schreckliche* Angst gehabt haben!«

Ich fragte mich, ob sie aus lauter Schaulustigkeit gekommen war. Doch vielleicht tat ich ihr unrecht, weil sie gleich darauf mich anschaute und sagte: »Meine Mutter war von dir total beeindruckt, Josie. Ich weiß nicht, was passiert wäre, wenn du nicht dabei gewesen wärst.«

Ich zuckte die Achseln. »Ich habe mich einfach um Nad gekümmert.«

»Trotzdem vielen Dank«, sagte sie. Eine Pause entstand, dann wollte Kara aufstehen und gehen.

»Du kannst gerne noch eine Weile bleiben, wenn du magst«, bot ich an.

»Meine Mutter wartet draußen im Auto«, sagte sie.

»Kann sie nicht später wiederkommen?«, fragte ich.

Ich beobachtete ihren Gesichtsausdruck, während sie darüber nachdachte. Er war zuerst überrascht, dann verwirrt. Am Ende lächelte sie und sagte: »In Ordnung. Danke.« Sie schrieb ihrer Mutter eine Nachricht und machte es sich wieder gemütlich. Ich bot ihr noch etwas Popcorn an.

Wir hörten Musik, unterhielten uns und futterten das Popcorn auf. Sie blieb nicht lange, weil sie helfen musste, die Reste der Party aufzuräumen. Als sie ging, umarmte sie Nadima und dann mich. Ich erwiderte die Umarmung. Es war ein bisschen peinlich, aber sonst wäre es unhöflich gewesen. Als sie die Treppe hinunterging, beugten Nad und ich uns über das Geländer.

»Danke, dass du zu meiner Party gekommen bist«, rief sie hoch.

»Danke für die Einladung«, antwortete ich.

»Danke für Popcorn!«, rief Nadima grinsend.

»Gern geschehen!«, rief Kara zurück, als sie die Tür hinter sich schloss.

Nachdem sie fort war, half Nadima mir, die Betten zu machen. Sie rollte ihr Kissen ordentlich in ihre Steppdecke ein. »Kara ist nett, Josie. Ihr könnt Freunde sein«, sagte sie.

»Nein, das geht nicht. Sie mag mich eigentlich gar nicht«, sagte ich und ließ die Luft aus der Luftmatratze.

»Ist nicht wahr.« Nadima schüttelte den Kopf.

»Ist es doch. Und es gefällt ihr nicht, dass ich und Lily Freundinnen sind.«

»Vielleicht sie denkt, Lily dich mehr mag, als Lily mag sie.«

Ich starrte sie an. Das war mir überhaupt nicht in den Sinn gekommen. Ich dachte einen Moment darüber nach und sagte dann: »Nun, da liegt sie falsch. Lily mag Kara mehr als mich.«

Nadima brach in Gelächter aus.

»Was ist so lustig?«

»Du denkst, Lily mag Kara mehr, als mag dich. Kara denkt, Lily dich mag mehr, als mag Kara. Aber Lily mag beide!«

Dann sprach sie langsamer, als würde sie ihre Worte sorgfältig wählen, um einen ordentlichen Satz hinzubekommen.

»Josie, ich glaube … ich glaube, du sollst versuchen mögen Kara. Wenn du Kara mögen, dann vielleicht Kara dich mögen. Und alle sind Freunde.«

Ich ließ mir das durch den Kopf gehen. Vielleicht hatte sie recht.

Inspiriert!

Am Montag war in der Schule alles viel besser. Jetzt, da Nadima und ich uns versöhnt hatten, rottete sich die ganze Bande wieder zusammen, ohne dass sich jemand Sorgen darum machen musste, wer mit wem redete und so. Sogar Kara versuchte, nett zu sein.

Nadima und ich hatten natürlich noch die gefürchtete Karton-Story vor uns.

Alle anderen übten ihre Stücke ein oder fügten noch ein paar Feinheiten hinzu, denn am darauffolgenden Montag sollten wir sie schon vorführen (stöhn!). Aber Nadima und ich kämpften immer noch mit der lächerlichen Idee, eine Geschichte über den Diebstahl der Kronjuwelen zu ersinnen.

Ich sah mich verzweifelt um. Lily und Kara hatten sich bereits durch die Generalprobe gekämpft. Lily fing meinen Blick auf und sie kam zu uns.

»Wie läuft es?«, fragte sie.

»Oh, frag lieber nicht«, stöhnte ich.

»Ist nicht gut!«, sagte Nadima und zog eine Grimasse.

Lily lachte und zuckte die Achseln. »Macht euch keine Sorgen! Es ist ja nur ein Schauspiel-Projekt!«

»Ja, es bedeutet nicht das Ende der Welt, wenn du es vermasselst«, sagte Kara.

Ich fragte mich, ob sie schadenfroh war. Aber dann bot sie mir zu meinem Erstaunen an, uns zu helfen.

»Worum geht es in deiner Geschichte?«, fügte sie hinzu und wirkte plötzlich ganz ernst.

»Um den Diebstahl der Kronjuwelen.«

Ich sah ihr an, dass sie das für eine total beknackte Idee hielt. »Aha, nun … äh …«, sagte sie höflich.

»Es ist eine total beknackte Idee, nicht wahr?«, sagte ich.

»Nein, äh … es könnte … interessant werden«, sagte sie vorsichtig, bis ich ihr verriet, dass die Idee von Mrs P stammte, woraufhin sie sagte: »Ja, es ist wirklich eine total beknackte Idee.«

Daraufhin lachten wir gemeinsam los.

»Das kann ich mir vorstellen.« Kara kicherte, verdrehte die Augen und begann, Mrs P perfekt nachzuahmen: »Ja, ja, ja! Die Kronjuwelen stehlen! Eine geniale Idee, Mädels! Brillant, BRILLANT!«, rief sie begeistert. »Echt, die Frau hat sie nicht mehr alle«, meinte sie abschließend.

Ich grinste. Dann erinnerte ich mich an das, was Nad gestern gesagt hatte, nachdem Kara gegangen war. Etwas über »wenn ich Kara mochte, dann würde sie mich vielleicht auch mögen«. Wenn ich so darüber nachdachte, musste es für Kara nicht leicht gewesen sein, zu mir zu kommen. Ich wette, dass ihre Mutter sie dazu gezwungen hatte. Und sie war überhaupt noch nie bei mir gewesen.

Also sagte ich: »Danke übrigens, dass du gestern vorbeigekommen bist, Kara. Das war nett von dir.«

Lily strahlte mich an.

Kara zuckte leicht mit den Schultern. »Kein Problem. Danke, dass ich bleiben durfte«, sagte sie.

»Gern geschehen«, sagte ich. Und dann fügte ich hinzu: »Du bist jederzeit willkommen.«

Lily lächelte so breit, dass ich Angst hatte, ihr Gesicht würde in zwei Teile zerspringen.

Dann schlug Lily vor, dass wir uns ihrer Vorführung anschließen sollten. »Sie könnten einfach dasselbe tun wie ich«, sagte sie zu Kara. Ich sah ihr an, dass sie innig hoffte, Kara würde Ja sagen.

Wir sahen alle Kara an. »In Ordnung«, sagte sie, offensichtlich Lily zuliebe.

Kara ging los, um Mrs P zu fragen. Ich war sicher, dass sie nicht Nein sagen würde, da sie Kara nie eine Bitte ausschlägt. Ich lag falsch.

Mrs P kam in ihrem riesigen, in beißenden Farben gemusterten Kaftan angerauscht. Kara folgte ihr mit verärgertem Blick.

»Mädchen, Mädchen, Mädchen! Es ist ja so reizend, dass ihr alle zusammenarbeiten wollt, und ich bin mir sicher, dass ihr gemeinsam etwas absolut Fabelhaftes und Geniales erschaffen würdet. Ja, etwas Geniales! Und ich will eure Begeisterung und Kreativität nicht bremsen, aber bei dieser Gelegenheit möchte ich wirklich, dass Josephine und Nadima ihre eigene Geschichte erzählen.« Sie machte ein entschuldigendes Gesicht, dann scheuchte sie Kara und Lily weg.

»Tut mir leid«, sagte Kara achselzuckend.

»Danke, dass du es versucht hast«, erwiderte ich.

Nadima sah ehrlich enttäuscht aus. Aber ich war nicht enttäuscht, denn Mrs P hatte mich, was man kaum glauben mag, inspiriert und auf eine großartige Idee gebracht.

»Nadima, vergessen wir das mit den Kronjuwelen«, sagte ich.

»Ja. Ist total beknackte Idee«, stimmte sie zu.

»Lass uns stattdessen *deine* Geschichte machen.«

»Meine Geschichte?« Sie runzelte die Stirn.

»Natürlich nur, wenn du einverstanden bist. Ich meine, wir müssen nicht direkt *deine* Geschichte erzählen. Aber vielleicht eine über ein Mädchen wie dich und darüber, wie es für sie war, in Syrien zu leben. Und vielleicht darüber, wie sie und ihre Familie hierhergekommen sind. Also nicht *deine* Geschichte – sondern *ihre* Geschichte.«

»Nicht *meine* Geschichte, *ihre* Geschichte?«, fragte sie, als würde sie versuchen, die beiden Ideen in ihrem Kopf zu vergleichen.

»Ja.«

Sie dachte einen Moment darüber nach, und ich befürchtete, sie könnte mir böse sein, weil ich es vorgeschlagen hatte. Doch dann breitete sich langsam ein wunderschönes Lächeln auf ihrem Gesicht aus, das bis tief in ihre Augen reichte.

»Nein, nicht *ihre* Geschichte. *Meine* Geschichte«, kündigte sie an. »Wir machen *meine* Story.«

Nadimas Geschichte

In der darauffolgenden Woche schlurften die meisten aus der 7R am Montagmorgen mit dem Enthusiasmus einer Horde Zombies zum Schauspielunterricht. Nur Nadima und ich (oh, und natürlich Kara) betraten den Raum mit glücklichen Gesichtern. Mrs P hatte einen riesigen Pappkarton in die Mitte gestellt.

»Vergesst nicht, *den Karton* zu benutzen«, trällerte sie. »Denkt daran, dass er unser Thema ist.«

Dann fragte sie, wer freiwillig den Anfang machen wollte. Zum allgemeinen Erstaunen hob ich die Hand. Die anderen hockten offensichtlich zu Tode gelangweilt da und warteten auf das, was wir darbieten würden.

Sie hatten absolut keine Ahnung, was ihnen bevorstand.

Nadima legte sich zu meinen Füßen auf den Boden und stellte sich schlafend. Ich stand der Klasse gegenüber.

»Nadimas Story«, kündigte ich an und hielt ein Foto von ihrer Familie hoch, das ich am Wochenende aufgenommen hatte. »Es war einmal eine Familie, die in Syrien lebte. Mama, Papa, Nadima, Rasha und der kleine Sami. Eines Nachts schliefen sie alle tief und fest, als plötzlich …«

Ich ließ das Foto fallen, sprang in die Luft und landete so laut ich konnte direkt neben Nadima.

»KA-WUMM!«, schrie ich.

Nadima setzte sich auf und schrie.

Die halbe Klasse erschrak zu Tode, andere begannen zu lachen. Wir beachteten sie nicht und spielten weiter. Ich sprang immer wieder um Nadima herum und landete krachend. »KA-WUMM! ... KA-WUMM! ... KA-WUMM!«

Nadima warf die Arme über den Kopf und rollte sich zu einem Ball zusammen.

»Überall schlugen Bomben ein«, sagte ich. »KA-WUMM! Eine landete auf dem Haus nebenan. KA-WUMM!«

Und dann hielt ich inne, bevor ich sagte: »Nadimas Nachbarn kamen alle ums Leben.«

Da hörten die anderen zu lachen auf.

Nadima kam auf die Füße und hielt das Foto einer Schule hoch.

»Nirgendwo war man sicher. KA-WUMM!«, fuhr ich fort.

Nadima zerriss das Bild in zwei Hälften und ließ die Stücke zu Boden fallen. Dann hielt sie ein Foto von einem Krankenhaus hoch.

»KA-WUMM!«, tönte ich.

Nadima zerriss auch dieses Bild. Als sie die Stücke fallen ließ, sagte sie: »Viele Menschen sterben.«

Dann tat ich so, als hätte ich eine Waffe im Anschlag, mit der ich auf alle zielte. Ich lief herum und rief: »Rattatatatatatata! Peng, Peng!«

»Im Freien ist es nicht sicher. Soldaten erschießen dich«, sagte Nadima. Dann hockte sie sich mit den Händen über dem Kopf auf den Boden.

»Nadima und ihre Familie versteckten sich im Keller«, sagte ich. »Aber bald gingen ihnen Nahrung und Wasser aus. Also *musste* ihr Vater nach draußen.«

Dann stand Nadima auf und sagte mit erhobenem Haupt

voller Stolz: »Mein Vater sehr tapfer. Vielleicht kommt er zurück. Vielleicht stirbt er. Wir hören Bomben. Wir hören Gewehre. Wir warten. Wir hoffen.«

Inzwischen saßen alle mucksmäuschenstill und mit aufgerissenen Augen da. Ich hielt inne, bevor ich sagte: »Viele Stunden später kam er zurück. Aber er brachte schlechte Nachrichten. Einige von Nadimas Tanten, Onkeln und Cousins waren getötet worden.«

Kara schlug sich die Hand vor den Mund und viele andere Mädchen taten dasselbe.

»Nadimas Vater sagte, sie müssten fliehen, bevor sie alle sterben«, erklärte ich.

Nadima kniete sich neben den Pappkarton und packte ihn mit Sachen, die sie von zu Hause mitgebracht hatte, darunter eines von Rashas Kleidchen, Samis Häschenstrampler und seinen kleinen, blauen Plüschteddy.

»Wir können nicht viel mitnehmen«, sagte sie.

Dann hielten wir eine große Landkarte von Syrien hoch, auf der die Fluchtroute von Nadimas Familie rot eingezeichnet war.

»Wir laufen vier Tage«, sagte Nadima. »Mama trägt Rasha, Papa trägt Tasche, ich trage Sami. Wir kommen ins Flüchtlingslager. Aber Lager voll. Leute sagen, es ist gefährlich.«

Ich hielt ein Foto eines Flüchtlingslagers hoch, das aus Hunderten und Aberhunderten von Zelten bestand.

»Dann sagte ein Mann zu Nadimas Vater, er könne sie auf einem Boot nach Europa bringen. Er nahm ihr ganzes Geld und sie mussten mit vielen anderen in ein winziges Boot steigen.« Ich zeigte weitere Fotos, diesmal von Flüchtlingen, die auf See in Boote gezwängt saßen.

Nadima kletterte in den Karton, setzte sich und umschlang sich mit den Armen. Sie machte ein ängstliches Gesicht. »Es sind zu viele Leute. Wir fürchten, das Boot wird sinken. Meine Familie, wir halten uns gegenseitig fest.«

»Der Seegang wurde rau, und die Wellen stiegen immer höher und höher, bis Wasser ins Boot kam«, erklärte ich. »Alle mussten es mit bloßen Händen hinausschöpfen, damit das Boot nicht sank. Niemand hatte eine Schwimmweste. Nicht einmal die kleine Rasha oder das Baby Sami.«

Nadima tat so, als würde sie hektisch Wasser aus dem Karton schöpfen.

»Ist kein Essen. Ist kein Trinkwasser. Das Boot schaukelt und schaukelt. Menschen krank.«

Ich kletterte in den Karton und wir kauerten uns zusammen. »Sie waren mitten im Ozean. Keine anderen Boote waren in der Nähe, die ihnen geholfen hätten. Sie konnten kein Land sehen. Sie waren verloren. Dann wurde es dunkel. Alle hatten wahnsinnige Angst.«

Dann stand Nadima auf, und ich half ihr, aus dem Karton zu steigen.

»Am Morgen Boot legt an. ›Wo sind wir?‹, fragen alle. Jemand sagt, ist Italien. Niemand weiß.« Sie zuckte die Achseln. »Wir gehen auf Straße. Gehen. Gehen. Gehen. Dann sehen wir Schild!«

Ich hielt ein Plakat hoch, das ein »Vorfahrt beachten«-Schild darstellte.

»Ist Englisch! Wir in Großbritannien! Wir sind glücklich und weinen.«

Ich rollte das Plakat zusammen und sagte: »Dann kam die Polizei und brachte sie alle in ein Hostel. Nadimas Eltern hatten Angst, dass man sie zurückschicken würde. Aber nach einer Weile erfuhren sie, dass sie bleiben durften.«

Dann hielt Nadima das Foto hoch, das ich von ihrer Familie gemacht hatte. Sie standen vor ihrem neuen Haus. Sie atmete tief durch und sagte: »Das ist meine Familie. Das ist unser Zuhause. Wir alle lernen Englisch. Wir sind sicher, und wir freuen uns sehr, hier zu sein. Danke schön.«

»Das Ende«, sagte ich.

Es herrschte absolute Stille und alle starrten uns an. Niemand klatschte oder sagte etwas. Ich glaube, sie waren platt.

Ich schaute Mrs P an und war erstaunt, als ich sah, dass sie den Tränen nahe war. Sie versuchte, es mit viel Schniefen und Blinzeln zu überspielen, aber sie kam nicht dagegen an.

Schließlich wischte sie sich mit dem Kaftanärmel über die Augen und schaffte es, sich zusammenzureißen. »Nun, Nadima«, sagte sie und sprach mit ihr (ausnahmsweise) langsam: »Wir sind alle sehr froh, dass ihr hier seid und dass ihr wohlbehalten hergekommen seid. Danke, dass du uns deine Geschichte erzählt hast. Gut gemacht, ihr beiden.«

Dann fing sie zu klatschen an und der Rest der Klasse fiel mit ein. Sie applaudierten immer weiter, während Nadima und ich uns angrinsten und uns abklatschten, bevor wir uns hinsetzten. Dann fing Kara an zu jubeln, woraufhin alle total ausflippten. Mrs P versuchte nicht einmal, für Ruhe zu sorgen.

Ich sah Nadima an. Ihre Augen leuchteten, und ich dachte, sie würde vor Stolz platzen.

Freundinnen

In der Pause versammelten sich alle um Nad und mich und klebten an uns wie Schokochips auf einem Cookie. Es war ein siedend heißer Tag, darum saßen wir alle hinter dem Sportplatz im Schatten eines Baumes.

»Das muss eine schreckliche Reise gewesen sein«, sagte Lily zu Nadima.

»Ja. War schrecklich.« Nadima nickte.

»Du musst unglaublich mutig sein«, fand Chloe.

»Ich glaube nicht, dass ich das geschafft hätte«, pflichtete Elly ihr bei. »Ich mag es ja nicht mal, mit einer Fähre zu fahren.«

Nadima zuckte die Schultern. »War keine andere Wahl.« Dann fügte sie nachdenklich hinzu: »Rasha und Sami tapfer. Sie sind sehr klein.«

»Sami ist erst zwei«, erklärte ich den anderen. Plötzlich stellte ich ihn mir auf dem Boot vor. Ein winziger, verängstigter Junge mit seinen langen dunklen Wimpern, den dicken nassen Bäckchen und vor Angst geweiteten Augen.

»Hattet ihr Angst, ihr könntet sterben?«, fragte Kara. Diesmal wusste ich, dass sie nicht melodramatisch war, sondern es ehrlich meinte.

»Ja«, sagte Nadima schlicht.

»Ich bin froh, dass du überlebt hast«, sagte ich und legte den Arm um Nadima.

Sie grinste mich an.

»Ich auch!«, sagte sie.

Die anderen lachten.

»Es war eine gute Idee, deine Geschichte zu erzählen, Nadima«, sagte Lily.

»War Josie-Idee«, antwortete Nadima.

»Ich fand es fantastisch, Josie!«, sagte Kara. »Wirklich clever und … und …« Ihr fehlte wohl das richtige Wort.

Ich zuckte die Achseln. »Ich dachte einfach, es wäre wichtig, allen davon zu erzählen.«

»Ja, ›wichtig‹. Das ist genau das richtige Wort«, sagte Kara. »Und ich fand es toll, wie ihr es umgesetzt habt. Besonders das Zerreißen der Fotos. Es war wirklich wirkungsvoll – so dramatisch.«

»Habt ihr Mrs P gesehen? Ich dachte, sie würde in Tränen ausbrechen!«, sagte Chloe.

»Ich dachte, *ich* würde in Tränen ausbrechen«, sagte Kara und wedelte sich mit den Händen melodramatisch vor den Augen herum, als ob sie beim bloßen Gedanken daran weinen müsste.

Dann nahmen wir alle Nadima in eine Gruppenumarmung, und ich dachte, *sie* würde in Tränen ausbrechen!

Happy Eid!

Nach der Schule schrieb mir Nadima:

Freitag 18.30
Ist Eid. Kannst du kommen?

Ich antwortete:
JA!

Also ging ich am Freitag nach der Schule mit zu Nadimas Familie. Sie luden mich in ein kurdisches Restaurant ein, das von Leuten geleitet wurde, mit denen sie sich angefreundet hatten.

Es war total klein und absolut klasse! So etwas hatte ich noch nie gesehen. Nadima sagte, es sei genau wie die kurdischen Restaurants in Syrien. Wirklich alles war kurdisch! Die Musik … das Essen … sogar die Speisekarte.

Es gab keine Stühle. Wir saßen auf dicken, bunten Kissen um einen großen, niedrigen Tisch. Riesige Lampions hingen von der Decke, verbreiteten farbiges Licht und ließen alles magisch wirken. Kerzenhalter aus Messing warfen flackernde Muster in den Raum. Aus der Küche und von den Nebentischen wehten warme, würzige, appetitanregende Essensdüfte und erinnerten mich an das erste Essen, das Nadimas Mutter für mich gekocht hatte.

Sami war auf Nadimas Schoß geklettert, während alle die Speisekarte studierten und überlegten, was sie bestellen wollten. Sie sprachen auf Kurdisch, und Sami schien etwas Lustiges gesagt zu haben, weil alle lachten und Nadimas Vater ihm durch die Haare strubbelte. Ihre Mutter betrachtete alle mit einem so liebenden Blick, dass mir die Kehle eng wurde.

Wenn man ihre Familie beobachtete, wie sie feierten und lachten und dabei so glücklich aussahen, hätte man nie erraten, was sie durchgemacht hatten. Nicht nur zu Hause in Syrien, sondern auch auf der erschreckenden Reise, zu der sie aufgebrochen waren, um hierher zu kommen. Ganz zu schweigen davon, dass sie ein neues Leben beginnen mussten in einem Land, in dem sie niemanden kannten und dessen Sprache sie nicht sprachen. Mir wurde bewusst, wie stark sie alle waren. Ich war stolz auf Nadima und stolz darauf, ihre Freundin zu sein.

Nadima wandte sich an mich und reichte mir die Speisekarte. Dann zeigte sie auf einige der Gerichte und sagte: »Wir nehmen das und das und das. Wir alle teilen. Du auch aussuchen. Was willst du?«

Eigentlich gab es ein kleines Problem mit der Speisekarte. Ich konnte sie nicht lesen. Nicht, weil sie auf Kurdisch war – die englischen Übersetzungen standen klein darunter –, sondern weil sie in einer verschnörkelten Schrift geschrieben war, und ihr wisst ja, dass ich damit überhaupt nicht klarkomme. Warum denken die Leute nicht nach? Viele Legastheniker können verschnörkelte Buchstaben nicht lesen. Es macht mich verrückt. Jedenfalls wollte ich vor Nadimas Familie nicht zugeben, dass ich die Speisekarte nicht lesen konnte. Also tat ich so, als würde ich sie mir eine Weile ansehen, und ich wählte einfach irgendetwas aus.

Nadima warf mir einen seltsamen Blick zu. »Nicht Lamm? Du liebst Lamm!«

»Ähm … ich dachte, ich probiere mal was anderes.« Ich warf ihr einen Blick zu und hoffte, sie würde keinen Aufstand machen.

Sie sah auf die Speisekarte. »Ist seltsame Schrift.« Sie runzelte die Stirn. »Ist sehr schwer zu lesen. Wir wählen zusammen, okay?«

Ich grinste sie an. »In Ordnung!«

Nachdem wir bestellt hatten, griff Nadimas Mutter in ihre Handtasche und überreichte Nadima ein Geschenk. Nadima reichte es sofort an mich weiter.

»Ist für dich. Ist Geschenk für *Eid*«, sagte sie. Ach je, war mir das peinlich! Ich hatte nicht gewusst, dass man sich auf einer *Eid*-Party beschenkt, und ich hatte für keinen von ihnen etwas. Alle sahen mich mit erwartungsvollem Lächeln an. Also wickelte ich das Geschenk aus. Es war ein Armband.

»Nadima macht für dich«, sagte Rasha schüchtern.

»Du magst es?«, fragte Nadima.

»Ja, ich liebe es!«, sagte ich und streckte den Arm aus, damit sie es mir umlegen konnte. »Danke!«

Es war aus blauen und silbernen Fäden geflochten (meine Lieblingsfarben). Kleine Perlen mit Buchstaben darauf waren daran befestigt. Die Perlen waren schlichte weiße Würfelchen mit schwarzen Buchstaben. Der erste war ein großer Buchstabe, die restlichen waren kleine Buchstaben. Sie muss sie extra ausgesucht haben, damit ich sie ganz einfach lesen konnte. Sie formten den Namen:

N a d i m a

»Ist kurdisches Freundschaftsarmband«, sagte sie. »Steht drauf ›Freundin‹.«

»Nein, stimmt nicht«, meinte ich lachend und schubste sie liebevoll. »Da steht ›Nadima‹!«

»Ah, aber Name ›Nadima‹ bedeutet ›Freundin‹«, sagte sie mit diesem Lächeln, das ihr ganzes Gesicht zum Strahlen bringt.

»Also, für mich bedeutet der Name ›Nadima‹ ›Beste Freundin‹. ›Beste Freundin für immer‹«, sagte ich und umschlang sie mit den Armen.

Ich werde niemals den Tag vergessen, an dem ich Nadima getroffen habe.

Von dem Moment an, als wir Schokolade und Lokum miteinander ausgetauscht haben, wusste ich einfach, dass wir die besten Freundinnen werden würden. Und ich weiß auch, dass wir es für immer bleiben werden. Fragt mich nicht, wie. Ich weiß es einfach.

Schoko-Lokum à la Josie und Nad

Hi!
So macht man unsere tolle Süßigkeit!

Zutaten:

- Eine Packung Lokum (Wir würden dir ja gern das Lokum-Rezept von Nads Mum verraten, aber es ist streng geheim! Tut uns leid.)
- Eine große Tafel Vollmilchschokolade

Außerdem brauchst du:

- Eine mikrowellenfeste Schüssel
- Eine Mikrowelle
- Einen großen Plastik- oder Holzlöffel oder einen Pfannenwender
- Einen Spieß oder eine Gabel (eine für jede Person, die mithilft)
- Einen großen Teller

Zubereitung:

1. Öffne die Packung Lokum und probiere ein paar davon. Nur um sicher zu sein, dass es gut schmeckt.

2. Brich die Milchschokolade in Stücke und lege sie in die mikrowellenfeste Schüssel.
3. Schmilz die Schokolade in der Mikrowelle auf höchster Wattzahl für 30 Sekunden, rühre alles durch und wiederhole den Vorgang, bis die ganze Schokolade geschmolzen ist. (Aber pass auf, dass die Schokolade keine verkohlten Stellen bekommt.)
4. Spieße Lokum-Stücke auf einen Spieß oder eine Gabel und tauche sie in die geschmolzene Schokolade. Eventuell solltest du vorher etwas vom Puderzucker abklopfen, damit die Schokolade besser haftet. Dann legst du die Stücke zum Abkühlen auf den großen Teller. Du wirst hinterher vermutlich voller Schokoladenflecken sein, aber wen stört das schon?

Top-Tipp

Im Kühlschrank kühlt das Schoko-Lokum schneller ab – aber bei Zimmertemperatur schmeckt es besser.

Lass es dir schmecken!

Alles Liebe
von Josie und Nad x

Der leckere Fattusch von Nads Mum

Das ist unser Lieblingssalatrezept!
Die Menge reicht als Beilage für zwei Personen.

Zutaten für das Dressing:

- Etwa 1/3 Kaffeebecher Olivenöl
- Der Saft und die geriebene Schale einer Zitrone (oder du verwendest einfach Zitronensaft)
- 1/2 TL gehackter Knoblauch
- Ca. 2 EL Sumak (auch Gewürz-Sumach genannt. Dies ist ein säuerlich schmeckendes Gewürz. Du bekommst es in Dosen in den meisten Supermärkten. Nad sagt, zur Not funktioniert das Rezept auch ohne Sumak, aber mit Sumak schmeckt es besser.) Übrigens: NICHT die ganze Menge auf einmal dazugeben! Füge erst ein wenig dazu, probiere davon und gib je nach Geschmack mehr dazu.
- Salz und Pfeffer

Außerdem brauchst du:

- Eine Kaffeetasse
- Ein Messer, eine Reibe und eine Zitronenpresse (falls du eine frische Zitrone verwendest)
- Einen Esslöffel und einen Teelöffel

• Eine Schüssel
• Einen Schneebesen

Für das Dressing gibst du einfach alles in die Schüssel und verrührst es mit dem Schneebesen.

Zutaten für den Salat:

Nun, es liegt an dir, was du in deinem Salat magst. Aber wir mögen:

• 1/2 Gurke (geschält und in Stücke geschnitten)
• 10 Kirschtomaten (halbiert)
• 1/2 gelbe Paprikaschote (oder eine rote oder orangefarbene), in Stücke geschnitten
• 3 Frühlingszwiebeln (oder eine halbe rote Zwiebel), in kleine Scheiben geschnitten
• 1/4 von einem großen knackigen Kopfsalat, gehackt
• 4 Radieschen, in dünne Scheiben geschnitten (wenn du keine Radieschen magst, lass sie einfach weg)
• 1 Pittabrot (Vollkorn oder hell), in Stücke gezupft
• Du kannst außerdem eine kleine Handvoll gehackte frische Kräuter hinzufügen, entweder Petersilie oder Minze oder beides.

Außerdem brauchst du:

• Einen Sparschäler und ein Küchenmesser
• Ein Schneidbrett
• Eine große Servierschüssel

Zubereitung:

Schneide alle Salatzutaten zurecht, gib sie in die große Servierschüssel und vermische sie. Dann gießt du so viel von dem Dressing darüber, wie du magst. (Nads Mutter sagt, dass du den Rest des Dressings in einer Plastikdose im Kühlschrank etwa eine Woche lang aufbewahren kannst.)

Ich hoffe, es schmeckt dir so gut wie uns.

Nad und Josie x

Josephines leckerer Thunfisch-Nudelauflauf

Die Menge reicht für eine vierköpfige Familie – aber ich muss davon viel mehr machen, damit meine unfassbar sportlichen, hungrigen großen Brüder satt werden.

Zutaten:

- 500 g Nudeln
- Eine Handvoll tiefgefrorene Erbsen (oder Zuckermais, falls du, wie Dan, nichts Grünes magst)
- 250 g Cheddar
- 2 Dosen Thunfisch
- 300 g Sahne
- Salz und Pfeffer

Außerdem brauchst du

- Einen Topf
- Eine mikrowellenfeste Schüssel
- Eine Mikrowelle
- Eine Reibe
- Einen Teller
- Einen Dosenöffner
- Eine große Auflaufform

• Ein Sieb
• Einen großen Löffel
• Einen Backofen

Zubereitung:

1. Den Ofen auf 180 °C/Gasherd Stufe 4 vorheizen.
2. Die Nudeln 2 Minuten kürzer, als auf der Packung angegeben, im Topf in Wasser kochen.

Während die Nudeln garen:

a. Erbsen oder Mais in der Mikrowelle 3 Minuten kochen.
b. Den Käse auf den Teller reiben.
c. Den Thunfisch abtropfen lassen und in die Auflaufform geben

3. Wenn die Nudeln fertig sind, im Sieb abgießen und zu dem Thunfisch in die Auflaufform geben. Erbsen oder Mais dazugeben, Sahne darübergießen und die Hälfte des Käses unterrühren, dabei mit Salz und Pfeffer würzen. Zuletzt den restlichen Käse darüberstreuen.
4. Mittlerweile sollte der Backofen die richtige Temperatur haben. Schiebe die Auflaufform in den Ofen und lasse den Auflauf 15 bis 20 Minuten garen, bis der Käse goldbraun zu werden beginnt.

5. SEI SEHR VORSICHTIG, wenn du die Auflaufform in den Ofen schiebst, und NOCH VORSICHTIGER, wenn du sie wieder herausholst. VERWENDE IMMER TOPFHANDSCHUHE und denke daran, die heiße Form auf einen Topfuntersetzer zu stellen, damit es keine Brandflecken gibt.

Du kannst einen Salat dazu servieren,
aber im Winter mögen meine Brüder
den Auflauf am liebsten mit gebackenen Bohnen.
(Ich auch!)

Er ist superlecker – versprochen!
Alles Liebe von

Josie x